Das Vermächtnis der Rephaim

Nicol Stolze & Sarah Kutz

Das Vermächtnis der Rephaim

Initiation

Roman

Bibliografische Information der Deutschen
Nationalbibliothek:
Die Deutsche Nationalbibliothek verzeichnet diese
Publikation in der Deutschen Nationalbibliografie;
detaillierte bibliografische Daten sind im Internet
über http://dnb.dnb.de abrufbar.

Erstausgabe im August 2016

TWENTYSIX – Der Self-Publishing-Verlag
Eine Kooperation zwischen der Verlagsgruppe Random House
und BoD – Books on Demand

© 2016 Stolze, Nicol / Kutz, Sarah

Herstellung und Verlag:
BoD – Books on Demand, Norderstedt.

ISBN: 9783740715076

Coverdesign: Nicol Stolze
Lektorat & Korrektorat: Nadja Bobik

Widmung

Ich widme dieses Buch all denen, die glauben,
ihre Träume nicht verwirklichen zu können.
Die das Gefühl haben, von Anderen
im Stich gelassen zu werden.
Ihr könnt das schaffen!
Glaubt an euch!

Ich widme dieses Buch allen,
die den Glauben noch nicht verloren haben. Allen,
die noch kämpfen. Und allen,
die vielleicht schon am Rande des Aufgebens sind
aber dennoch um diesen Stock bitten.
Einen einfachen Stock, mit dem sie sich durch das
unwegsamste aller Gelände kämpfen, welches
Leben heißt.
Ihr seid nicht alleine.

Prolog

Nein. Nein, nein, nein, nein! Sie durften nicht … Sie konnten nicht … Er war noch nie in seinem Leben derart schnell gerannt oder geflogen. Das konnten sie nicht tun! Die Stimmen wurden lauter. Er hörte das Klirren von Waffen, von Rüstungen, die aneinander schlugen. Unbarmherzig gebrüllte Befehle.

Der Auflauf an Leuten auf dem Richtplatz war überwältigend. Und das nicht auf eine gute Art und Weise. Er schob sich durch die Menge, Ellbogenstöße links und rechts in die umstehende Masse verteilend, bis er die vorderste Reihe erreichte. Was er sah, nahm ihm den letzten noch verbliebenen Atem.

Der Seraphim auf dem Richtplatz war an Armen und Beinen angekettet. Die Glieder gespreizt, an jedem seiner sechs Flügel ein himmlischer Wächter. Seine ehemaligen Kollegen. Gefühllos standen sie da, eisig und entschlossen in die Menge blickend.

»DANJAL!«

Seine Stimme war ein Verzweiflungsschrei. Sie konnten das nicht tun, nicht deswegen … Nicht seinen besten Freund! Einer der Wächter ruckte mit dem

Kopf, ein anderer nickte und kam mit seinem Kollegen auf ihn zu. Er musste zu ihm! Er musste ihm helfen, was es ihm auch abverlangte. Die wenige Zeit, die er mit der Erfüllung seiner eigenen Wünsche zugebracht hatte, durfte Danjal jetzt nicht das Leben kosten! Wenn sie ihn doch nur zu einem Menschen machen würden ... Wenn es nur das wäre! Er schob sich weiter nach vorne – und Plattenhandschuhe schlossen ihren Griff um seine Arme.

»Zurück.«

»Lasst mich los!«

Die Wächter beachteten ihn gar nicht erst. Ihre Waffenbrüder griffen nach den Flügeln des Seraphim in Ketten. Packten die Flügelansätze an seinem Rücken und zogen. Sein Schrei zerriss die Himmel. Blut strömte golden auf den Marmorboden und ein Sturm aus Federn schwebte hinab. Der Seraphim hing in seinen Ketten. Blutend. Atemlos. Dem Tode geweiht.

»NEIN!« Unbändiger Zorn ergriff von ihm Besitz. Verzweifelt wehrte er sich mit Händen und Flügeln gegen den eisigen Griff der Wachen, die ihn immer noch niederzwangen. In goldenen Bächen floss Danjals Blut über dessen Rücken auf den weiß schimmernden Marmor unter ihm, während der heilige Funke des Lebens in seinen Augen erlosch. »Ihr Bastarde!«, knurrte er und verpasste dem Wächter zu seiner Linken einen heftigen Schlag gegen die Kehle. Dieser zuckte vom plötzlichen Schmerz gepeinigt zusammen und ließ ihn nur für einen kurzen Augenblick los. Er nutzte seine Chance und legte noch einmal all seine Kraft in einen weiteren Angriff gegen den zweiten Wächter. Niemand tötete seinen Freund und kam ungeschoren davon. Nicht, wenn er es verhindern konnte! Entschlossen griff er nach dem goldenen Schwert des Wächters, zog es aus seiner Scheide am Gürtel und hob es in die Luft. Mit einer himmlischen Klinge könnte er Danjals Fesseln zerschmettern. Seinen Freund befreien und mit ihm fliehen. Bevor er seinen Plan in die Tat umsetzen konnte, hob Danjal den Kopf und blickte seinen Freund aus trüben Augen warnend an. Kopfschüttelnd ließ dieser das Schwert sinken, als er die Aussichtslosigkeit seines Vorhabens erkannte. Er wusste, was Danjal ihm mit diesem Blick sagen wollte und er erinnerte sich an das Versprechen, welches er seinem Freund gegeben hatte. Was nicht bedeutete, dass ihm dieser Schritt leicht fallen würde. Alles in ihm sträubte sich dagegen, Danjal seinem Schicksal zu überlassen, während er sich selbst in Sicherheit brachte. Auch wenn er erkannte, dass er für Danjal nichts mehr tun konnte. Für dessen Kind jedoch schon. Er hob das Schwert ein weiteres Mal und sein Herz brach entzwei. Zersplitterte wie die

Rüstungen der Wächter, die er mit der Kraft der Verzweiflung einfach aus seinem Weg schlug. Diesmal jedoch nicht um Danjal zu befreien, sondern um sich selbst einen Weg an den Wächtern vorbei, aus dem Himmel heraus zu erkämpfen. Mit einem erschöpften Lächeln auf den Lippen holte Danjal ein letztes Mal Luft, bevor er endgültig zusammenbrach.

Gierig wie ein verhungernder Wolf fraß sich der Schmerz durch ihre Eingeweide. Selbst durch die energetische Barriere des Himmels hindurch, spürte Dialen die Schmerzen ihres leidenden Gefährten in ihrem Herzen. Seine körperliche Qual und die schleichende Kälte, die in seine Glieder kroch, fanden ihren Weg bis hinunter in die Hölle und brachten Dialen die traurige Gewissheit, dass er sterben würde. Ihr Gefährte. Die Liebe ihres Lebens, von der sie geglaubt hatte, ihrer nie würdig zu sein. Nicht einmal die Hitze hier unten vermochte ihre innere Kälte zu lindern. Blutrote Tränen rannen über Dialens Wangen und tropften auf die sanfte, kaum erkennbare Wölbung ihres Bauches. Wo sollte sie hin? Hier konnte sie auf keinen Fall bleiben. Was, wenn Luzifer ihre Schwangerschaft bemerkte? Er würde nicht zögern sie zu töten. Entweder um schon jetzt an das Kind heranzukommen oder kurz nach der Geburt. So oder so war

sie des Todes – und das Kind verloren. Es sei denn …
Es sei denn, sie fände einen Weg, unbemerkt aus der
Hölle heraus zu kommen um sich in der Welt der
Menschen zu verstecken. Wenigstens so lange, bis ihr
Kind geboren war. *Denk nach, Dialen. Wen könntest
du um Hilfe bitten?* Hier unten durfte sie niemandem
vertrauen. Grübelnd schritt sie durch ihre privaten
Gemächer auf den großen, offenen Balkon und ließ
ihren Blick über die rot glühenden Lavaflüsse gleiten,
die sich wie pulsierende Adern über die weite Ebene
unter ihr erstreckten. Seit sie denken konnte, lebte sie
hier unten. Ihre Eltern waren stolze Dämonen gewesen. Obwohl ihre Mutter nur eine einfach gehörnte
Dunkle gewesen war, hatte ihr Vater sie in sein Bett
genommen und ihr gestattet, seinen Samen auszutra-
gen. Es kam nicht oft vor, dass ein mehrfach gehörn-
ter Schwarzer eine einfache Dunkle in sein Bett
nahm. Oft überlebten diese Frauen eine Nacht mit einem schwarzen Dämon nicht. Und wenn doch, starben sie unter den Strapazen der Geburt des kleinen
Dämons. Ihre Mutter war anders gewesen. Rhaja hatte bei ihm gelegen und nicht nur die Paarung überlebt, sondern ihm sogar eine Tochter geboren. Und
genau diese Tochter trug jetzt das Ungeborene eines
Seraphim unter ihrem Herzen.

Er wusste, was zu tun war. Zu bleiben kam nicht infrage. Für einen Engel gab es nicht viel zu packen. Alles, was er besaß, waren er selbst und seine Wohnung im Himmel – und in die würde er niemals mehr zurückkehren. Ihm blieb nur ein Weg, das auszuführen, worum ihn Danjal gebeten hatte, bevor er sterben würde. Seine Macht zu behalten, um es zu tun. Seine eigene Herrin hatte ihm gesagt, er könnte gehen – wenn er gehen musste. Wenn sie wüsste, wohin er wollte, hätte sie ihn sicherlich nicht so leicht ziehen lassen. Niemals hätte er sich träumen lassen, eines Tages vor den Toren zur Hölle zu stehen, geschweige denn sie freiwillig zu durchschreiten. Und doch war er hier. Ein Meer aus Rot und Scharlach hüllte ihn ein. Die Hitze versengte ihm die blendend weißen Flügel und die Asche färbte sie schwarz. Es gab kein Zurück mehr. Nicht von hier.

***

Endlich war die Nacht über dem großen Haus hereingebrochen und hüllte das herrschaftliche Anwesen in eine schützende Aura aus Dunkelheit. Weder Mond noch Sterne erhellten den Himmel; selbst die Tiere und Geister, die hier lebten, schwiegen still. Sie alle warteten gespannt auf den ersten Schrei des neuen Lebens, das sich bereits vor Stunden auf den Weg gemacht hatte. Einhundert Kerzen erhellten den kleinen Raum im ersten Stock des Hauses und malten lange Schatten an die Wände. Als plötzlich ein Schrei die trügerische Idylle zerriss und alles Leben bis ins Mark erschauern ließ.

Dunkelheit umfing auch Dialens müden Geist, während sie ein letztes Mal ihren Schmerz heraus schrie und das klägliche Wimmern eines Neugeborenen den Raum erfüllte. Erschöpft und blass, doch mit einem schwachen Lächeln auf den aufgesprungenen Lippen, sank sie in die Kissen zurück und streckte ihre zitternden Hände nach dem kleinen blutverschmierten Bündel aus.

»Bitte, gib sie mir. Meine kleine Tochter.«

Das kleine Mädchen war alles, was ihr von ihrer Liebe geblieben war. Alles, wofür sie in den letzten Monaten gelebt, überlebt und gekämpft hatte. Jetzt forderten all diese Strapazen ihren Tribut und verlangten das größte Opfer, das sie zu geben bereit war. »Achte gut auf sie«, bat Dialen ihren einzigen Freund und treuen Helfer, der an ihrer Seite geblieben war. »Versprich es mir! Sie darf NIEMALS erfahren, wer sie wirklich ist! Sie soll ein unbeschwertes, glückliches Leben fernab der Welt der Magie, des Himmels und der Hölle haben.« Sanft küsste sie das kleine schwarzhaarige Mädchen auf die rosige Wange, als eine Träne in das schwarze, flauschige Haar des neugeborenen Mädchens tropfte. Einmal noch holte Dialen tief Luft und sog den Duft ihrer kleinen Tochter in sich auf, bevor ihr Kopf zur Seite kippte und sie für immer die Augen schloss.

Er sagte kein Wort. Er hatte geahnt, was kommen würde, je weiter ihre Schwangerschaft fortgeschritten war. Behutsam nahm er das Neugeborene von der Brust seiner Mutter und wickelte es in ein Tuch. Es blieb keine Zeit, die Riten durchzuführen. Nicht jetzt. Der dunkle Engel trat aus dem Haus, das kleine Bündel sicher im Arm, und breitete die Flügel aus. Es gab nur einen Ort, an dem dieses Kind sicher sein würde. Für eine gewisse Zeit jedenfalls. Verborgen vor den Augen der Engel und der Dämonen. Die Gegend, in der er landete, war nicht sonderlich einladend, aber das Sicherste, was er ihr bieten konnte. In menschlicher Gestalt, als hochgewachsener Mann in einem dunklen Mantel, klopfte er an eine Tür. Eine Frau öffnete sie, ihn bereits erwartend.

»Ist das…?«

Ein Nicken. Sie streckte die Arme aus und er überreichte ihr sorgsam das Kind.

»Und… ihre Mutter…?«

Ein Kopfschütteln.

Die Frau senkte den Kopf und er beugte sich vor, drückte ihr einen Kuss auf die Stirn.

»Du bist ihre Wächterin. Enttäusche mich nicht.«

Kapitel 1

***

»Hey, schau mal einer an! Wen haben wir denn da?«, tönte die fiepsige Stimme eines jungen Kerls mit kastanienbraunem Haar, schiefer Nase und blasser Haut, den Tris nie zuvor gesehen hatte. Mina und sie waren nach ihrem Stadtbummel mit der Hochbahn unterwegs nach Hause, als eine Gruppe jugendlicher Unruhestifter ihr Abteil betrat. Dummerweise saßen die beiden Frauen direkt neben der Tür zum Übergang in das nächste Abteil, so dass die Kerle gleich auf sie aufmerksam wurden. »Zuerst nehm' ich die Rothaarige. Und wenn ich mit ihr fertig bin, ist die da dran.« Er zeigte auf Mina und anschließend auf Tris. »Verpisst euch!«, schimpfte Tris.

»Halt's Maul, du Schlampe.«, mischte sich der linke der beiden anderen Kerle ein, der nicht minder unsympatisch wirkte. Er hatte lohblondes Haar und große blaue Augen, die hinter den dicken Gläsern seiner Brille eher an Glupschaugen erinnerten. Nur der rechte von den Dreien war einigermaßen ansehnlich mit seinem pechschwarzen Haar, den kornblumenblauen Augen und einem sinnlich geschwungenen

Mund. »Ja, du kommst auch noch dran«, fiel der Dritte mit ein. Tris' Wut brodelte gefährlich dicht unter ihrer Haut, was für sie eigentlich ungewöhnlich war. Tris ging selten aus sich heraus. Wirkte nach außen hin eher schüchtern und harmoniebedürftig. »Ich sagte, verpisst euch!«, knurrte sie regelrecht, als das Licht im Zug zu flackern begann. Mina wurde unruhig. »Tris, lass das. Sicher gehen sie einfach weiter, wenn wir sie nicht beachten.« Zumindest hoffte Mina das. Auch, wenn sie sich kaum Chancen ausrechnete, dass es tatsächlich so war. Ehe sie es sich versah, packte der Wortführer Mina an der Schulter, drückte sie tiefer in den Sitz und kam ihrem Gesicht mit seinem viel zu nah. Seine eklige, feucht schimmernde Zunge schnellte hervor, dann leckte er Mina über die Wange. »Mhmm, schmeckt nach mehr«, prahlte er mit hörbarer Vorfreude in der Stimme. Mina schrie entsetzt auf, konnte sich jedoch nicht gegen den festen Griff ihres Peinigers wehren. Tris erhob sich, warf ihr hüftlanges schwarzes Haar über die Schulter und funkelte den Mistkerl aus ihren eisblauen Augen an. Im nächsten Augenblick ließ sie ihrer Wut freien Lauf. Tris' Gesicht glühte, als sei sie fiebrig. In ihren Augen funkelte die pure Mordlust. »Ich sagte – VERPISST EUCH!«, brüllte sie und schubste das Ekelpaket von ihrer Freundin weg. Gleichzeitig explodierten alle Fenster im Zugabteil. Das Licht flackerte erneut, dann erlosch es und der Zug legte eine Notbremsung ein. »Was zum Teufel! Das is' die, die da!«, stammelte einer der Jungs und deutete mit Entsetzen auf Tris. »Die is' nicht normal! Lasst uns abhauen!«, fluchte der Anführer der Bande und stürzte allen voran aus dem Abteil. Tris bekam von all dem nichts mehr mit. Auch nicht, als zersplittertes Glas durch die Luft flog und auf sie alle nieder regnete. Ein seltsamer Schimmer lag auf Tris' Körper und ihr Haar tanzte wie von Geisterhand getragen in der Luft. »Tris, komm! Wir müssen hier verschwinden!«, rief Mina ihrer Freundin zu und versuchte sich hinter eine Sitzbank zu ducken. Tris jedoch stand wie betäubt inmitten des Scherbenregens und starrte aus rot glühenden Augen ins Leere. »Verdammt, Tris. Komm schon!«, flehte Mina verzweifelt. Rasch schlüpfte sie aus ihrem Versteck und trat auf ihre Freundin zu, ohne auf deren verändertes Aussehen zu achten. »Komm jetzt!«, schimpfte sie, griff nach ihrer Hand, zuckte erschrocken zusammen und flog zwei Meter quer durch das Abteil zurück.

»Was...?«, krächzte sie und fand sich mit dem Rücken an der gegenüberliegenden Wand des Abteils auf dem Boden wieder. Der Aufprall war heftig gewesen. Was verdammt noch mal war gerade passiert? Was ging mit ihrer Freundin Tris vor sich, fragte Mina sich benommen. Totenstille lag über dem Zugabteil, als Mina sich mühsam aufrappelte. Sie schmeckte Blut. Tris hingegen sackte völlig entkräftet auf die Knie. Kippte vornüber und war bewusstlos, noch bevor ihr Gesicht den Boden berührte. Erschrocken krabbelte Mina zu ihrer Freundin. Glasscherben schnitten in ihre Handflächen und trieben ihr vor Schmerz die Tränen in die Augen, doch sie ignorierte es tapfer.

»Wach auf! Bitte, Tris«, flehte Mina ihre bewusstlose Freundin an. Rüttelte an ihrer Schulter und versuchte, sie auf den Rücken zu drehen. Beim zweiten Versuch gelang es ihr endlich. Doch Tris war immer noch bewusstlos. Seitlich über ihrer linken Augenbraue klaffte eine kleine Wunde. Dunkelrotes Blut klebte in Tris' schwarzem Haar. Etwas davon sickerte sogar auf den Boden. Mina wurde unruhig. Warum kam niemand, um ihnen zu helfen? Um sie herum herrschte absolute Stille. Weder Feuerwehr noch die Polizei waren in der Ferne zu hören. Wo blieb die Schar von neugierigen Menschen, die sich für gewöhnlich um den Unglücksort scharten? Heute hätte Mina ausnahmsweise nichts gegen ein wenig *Normalität* einzuwenden. Sie wusste nicht warum, aber diese ganze Sache, dieser Ort, fühlte sich unwirklich an. So sehr, dass sie am liebsten auf der Stelle aus dem Zug geflüchtet wäre.

Sie wollte diesen schrecklichen Ort verlassen – und Tris. Die ihr ehrlich gesagt eine Scheißangst einjagte. Vielleicht war das gar keine so dumme Idee. Aber konnte sie Tris einfach hier liegen lassen? Wer wusste schon, wann sie wieder zu sich kommen würde? Immerhin war sie verletzt. Und dann auch noch am Kopf. Kurzentschlossen rappelte sich Mina auf und klopfte ihre Kleider ab. Glassplitter und Staub rieselten aus den Falten ihrer Jacke.

»Ich gehe und hole Hilfe, hörst du? Ich komme wieder«, versprach sie feierlich. Warf einen letzten Blick auf die bewusstlose Tris und stürzte davon.

***

Es hätte eine normale, für gewöhnlich unspektakuläre Patrouille werden sollen. Als Tyne aufgestanden war, hatte er damit gerechnet sich wieder den ganzen Tag die Beine in den Bauch zu stehen, um sich zu Tode zu langweilen – sofern das bei einem Engel eben möglich war. Aber es würde anders kommen. Die momentan unsichtbaren Flügel auf seinem Rücken zusammengefaltet, saß er auf einem der niedrigeren Häuserdächer Seattles und starrte nach unten in das rege Treiben. Hielt nach irgendetwas Ungewöhnlichem Ausschau. Die Auren der Menschen zogen an ihm vorbei, unauffällig und langweilig wie immer. Sicher, der ein oder andere potenzielle Verbrecher war darunter, aber sich darum zu kümmern, war nicht Tynes Aufgabe. Er suchte nach Nephilim. Den Kindern aus einer kurzfristigen Verbindung zwischen einem Engel und einem Menschen. Wie so oft ohne jeden Erfolg. Frustriert zuckten die Spitzen seiner Flügel. Tyne veränderte seine Position und machte es sich auf dem Dach bequem. Sollte der Tag nur so weiter gehen. Wenigstens nervten ihn hier weniger Leute als im Himmel. Der Gedanke war kaum zu Ende gedacht, als ein schrilles Quietschen, gefolgt von lautem Klirren, den Straßenlärm übertönte. Tyne zuckte zusammen und sprang auf, um sich nach der Ursache umzusehen. Unfälle waren nichts Besonderes, aber dieser Zug – er brauchte etwa zehn Sekunden die Feuerleiter hinab, um sich anschließend unauffällig durch das Chaos zu schieben. Diese plötzliche Energie – das war kein leichtes Aufflackern. Der Astralraum hatte gebebt, als der Zug kreischend zum Stehen kam und seine Glasfenster zerbarsten. Es war die Signatur eines Engels, die seine Aufmerksamkeit auf sich gezogen hatte. Die eines Dämons allerdings auch. Doch das konnte nicht sein! Das war schlicht und ergreifend unmöglich. Seine Schritte lenkten ihn weiter zum

Zug. Zum allgemeinen Tumult dort, während er der Spur folgte. Sie ging von einer jungen Frau aus, über die sich gerade ein Fremder beugte.

Das heruntergefallene Glas hatte dafür gesorgt, dass die unter der Hochbahn verlaufende Straße völlig verstopft war. Menschen liefen panisch umher, Autos parkten mitten auf der Straße. Splitter hatten Reifen zerstochen und für zahlreiche Unfälle gesorgt. Das Chaos war perfekt. Genau das richtige Umfeld, um einen, ja was eigentlich? Ein Nephilim war sie nicht, das konnte sie nicht sein. Ihre Aura war nicht reinweg die eines Engels, gemischt mit der eines Menschen. Da war etwas Dunkles in ihr. Etwas, das so nicht sein konnte. Allerdings musste Tyne um das herauszufinden ohnehin erst einmal auf die Gleise kommen, und die lagen von seinem momentanen Standort aus ungefähr fünf Meter über ihm. Natürlich könnte er fliegen. Aber dann konnte er auch gleich eine Leuchtrakete zünden, um auf sich aufmerksam zu machen. Also blieb ihm nur noch die Möglichkeit, einen der Betonpfeiler hinaufzuklettern.

Wenn er doch nur bis dorthin gekommen wäre. Aus der Masse löste sich eine ihm unbekannte Gestalt, die er jedoch als einen Diener des ehemaligen Lichtbringers erkannte. Er musste diese Frau erreichen, bevor der Andere es tat. Tyne beschleunigte seine Schritte. Er hätte den Pfeiler fast erreicht, als er mit einem heftigen Ruck zu Boden gestoßen wurde. Die Gestalt war ihm in den Rücken gesprungen. Ledrige, schwarze Flügel schlugen um sich. Die Krallen, die er selbst in seiner humanoiden Form besaß, bohrten sich tief in Tynes Fleisch, was ihm ein dunkles, schmerzvolles Knurren entlockte. Goldenes Blut tränkte seine Kleidung, aber der Dämon ließ nicht locker.

Seths Wächter grub seine Krallen tief in Tynes Fleisch. Goldenes Blut quoll aus unzähligen Wunden, benetzte jede einzelne seiner Krallen. Doch es schien ihm nicht das Geringste auszumachen. Verbissener denn je kämpfte er für seinen Herrn. Im Gegensatz zu Tyne scherten Seinesgleichen sich einen Dreck um menschliche Zuschauer. Sie hatten kein Interesse daran den Schleier der Engel zu wahren. Wozu auch. Lebten sie selbst doch in einer Welt, die vor tausenden von Jahren für die Menschheit verloren ging. Vom heutigen Tag an würde sein Herr Seattle mit Feuer und Asche überziehen und Engel genauso wie Dämonen den Preis dafür bezahlen.

Thyron, der erste und größte seiner Wächter, breitete schwungvoll seine riesigen Flügel aus, deren Wucht eine Gruppe unschuldiger Gaffer zurück schleuderte.

»Heute nicht, Tyne!«, höhnte Thyron dem Engel, schloss seine wuchtigen Arme um Tynes Körper und stieß sich kraftvoll vom Boden ab. Innerhalb von Sekunden schossen die beiden in den Himmel hinauf und lieferten sich einen erbitterten Kampf. Unter ihnen schrien die Menschen voller Entsetzen auf. Stoben in alle Richtungen auseinander in dem Versuch, sich in Sicherheit zu bringen, während andere wie gebannt dem Spektakel im Himmel folgten.

»Endlich!« Kühl und glatt, wie dunkle Seide floss Seth' Stimme in die Gedanken seiner Wächter.

»Es ist so weit. Meine Zeit ist gekommen und ich werde bekommen, was mir rechtmäßig zusteht.« Feuerschein spiegelte sich in Seth' Augen, als er auf die beiden Wächter in ihrer Drachengestalt zuschritt. »Geht! Und wagt es ja nicht zu versagen! ER darf sie niemals in die Hände bekommen. Sorgt dafür, dass Sariels Schoßhund Tyne das Mädchen nicht bekommt.« Mit einem Lächeln schloss er seine Faust um einen unsichtbaren Gegenstand in der Ferne.

»Sariel«, hauchte er beinah andächtig. »Bald, schon sehr bald gehörst du mir.«

Gleichgültig hob Seth seine Schultern. Obgleich ihm das Spektakel des Engels da draußen gefiel. Dass ein Engel sich zeigte, in aller Öffentlichkeit, war eine Genugtuung für seine uralte Seele. Ein schwacher Trost für Jahrtausende des Exils. Das würde für Tyne nicht nur Ärger bedeuten, sondern im besten Fall sogar die Verbannung. Damit wäre Seth' Objekt der Begierde zwar nicht gänzlich schutzlos, jedoch ohne Leibwächter. Und das war schon ein großer Gewinn. Engel waren schon immer selbstgefällig gewesen. Ihre Naivität jedoch übertraf dies bei Weitem. Das Lächeln, welches um seine Mundwinkel spielte, erreichte seine dunklen Augen nicht. Doch sah man deutlich die Funken seiner Feuerglut in ihnen lodern. Die Vorfreude auf den bevorstehenden Sieg versetzte Seth in Hochstimmung. Gebannt verfolgte er den Kampf zwischen seinen Wächtern und dem Engel.

Dieser Dämon war anders, als alles, was Tyne kannte. Tynes Blut hätte seine Haut nicht nur bis aufs Äußerste reizen, sondern ihm auch die Krallen vollständig wegätzen müssen. Doch nichts dergleichen geschah. Tyne unterdrückte einen Fluch. Er brauchte Hilfe. Nicht unbedingt um diesen Kampf für sich zu entscheiden, sondern vielmehr um die unwissenden Menschen vor dem Zerreißen des Schleiers zu schützen. Zuvor musste er aber seine Gestalt wechseln. In gleißendem Licht transformierte sich Tyne. Blauer Engelsstaub rieselte funkelnd auf die Menschen unter ihm und verwandelte diese abstrakte Szene in einen winzigen Augenblick voller Magie. Die großen, weißen Flügel mit den blauen Spitzen umhüllten ihn, als er sich von seinem Gegner abstieß. Als er sie öffnete, gaben sie den Blick auf eine schimmernde Rüstung frei – und seinen Bogen, dessen Sehne er bereits spannte.

Er hatte gar keine andere Möglichkeit, als sich zu zeigen. Einzig die Rüstung und seine Waffe konnten ihm jetzt noch helfen. Dass die Menschen dadurch erfuhren, dass es sowohl Engel als auch Dämonen gab, war nicht geplant. Dafür würde er mit Sicherheit noch teuer bezahlen. Vermutlich hätte er sich einfach töten lassen sollen. Aber nicht er. Nicht Tyne. Ihm war es egal, wie entsetzt dieser Dämon zu ihm aufsah. Dämonen fielen nicht unter die Gebote. Jeder einzelne von ihnen war des Todes, wenn jemand wie Tyne einen Dämon aufspürte. Er hatte nicht vor daran etwas zu ändern. Der Pfeil ließ die Sehne seines Bogens singen, als er sie verließ. Die Spitze auf das Herz des Dämons gerichtet. Und durchbohrte doch jemand anderen. Einen kurzen Moment lang verharrte Tyne. Überrascht. Verwirrt. Welcher Dämon warf sich schützend vor einen anderen? Welcher Dämon reagierte derart heftig auf ein solches Opfer? – Aber dafür war jetzt keine Zeit. Er spannte die Sehne ein zweites Mal. Dieses Mal würde er sein Ziel nicht verfehlen.

Voller Entsetzten starrte Thyron auf den Engel über ihm. Er hatte es tatsächlich gewagt sich zu verwandeln. Vor aller Welt Augen. DAS würde seiner Herrin sicher nicht gefallen. Seth, Thyrons König, dafür um so mehr. Kaum hatte er den Gedanken zu Ende gedacht, sah er den Pfeil auf sich zujagen. Für ein Ausweichmanöver war es zu spät. Der Pfeil würde ihn treffen. Entweder seinen Flügel zerreißen, oder ihn schwer verletzen. Da konnte er sich dem Engel genauso gut auch entgegenstürzen. Doch bevor er seinen Plan in die Tat umsetzen konnte, erschien Kyrill vor ihm und fing den Pfeil mit ihrem Körper ab. Er durchschlug den Flügel und drang tief in ihr weiches Fleisch. Kleine Funken schlugen aus der Wunde, die an der kühlen Luft sofort zu Asche zerfielen um vom Wind davon getragen zu werden. »KYRILL!«, brüllte Thyron voller Entsetzen, drehte von Tyne ab und stürzte Kyrills fallendem Körper hinterher. Doch er schaffte es nicht mehr rechtzeitig, sie abzufangen. Mit einem dumpfen Geräusch landete die kleine Drachenwächterin auf dem kalten Asphalt und blieb reglos liegen. Wut und Schmerz kämpften gleichermaßen in Thyrons Herz um die Oberhand. Seine Kyrill! Sicher, er hatte gewusst, dass sie jederzeit in einem Kampf verletzt werden, sogar sterben konnte. Doch davon zu wissen und es zu verdrängen oder mitansehen und fühlen zu müssen, wie seine Gefährtin zu Boden stürzte, waren zweierlei Dinge. »Kyrill…«, hauchte er ihren Namen, ließ sich neben ihr auf die Knie sinken und tastete mit zittrigen Händen nach dem Pfeil. Fest umschloss er den Schaft und brach ihn dicht an ihrem Körper ab. Er konnte die Wellen heißen Schmerzes beinah wie seine eigenen fühlen, die durch ihren Körper brandeten. Zögernd öffnete Kyrill ihre Augen und sah direkt in die ihres Gefährten. »Leb wohl, Thyron mein Herz. Wir sehen uns auf der anderen Seite«, flüsterte sie kraftlos. Ein Rinnsal rot glühenden Blutes rann seitlich aus ihrem Mund, verwandelte sich an der Luft zu Asche und verging. Die Wunde, in der immer noch Tynes Pfeil steckte, begann ebenfalls zu glühen. Kleine Funken stoben in alle Richtungen davon, nur um im selben Augenblick an der kalten Luft zu verglühen und zu Boden zu fallen. Kyrills Körper verwandelte sich unter Thyrons Händen in den Staub der Vergänglichkeit. Verzweifelt musste er mit ansehen, wie sie ihn verließ. Funke um Funke wich das Leben aus ihrem Körper, rieselte durch seine Finger, ohne dass er es hätte aufhalten können. Bis nur noch eine Spur aus schwarz funkelndem Puder von ihr übrig war und Thyron einen markerschütternden Schrei ausstieß.

Kyrill war fort. Alles, was ihm von ihr blieb, war Asche, die langsam durch seine Finger rann und vom Wind davongetragen wurde. Thyrons schmerzerfüllter Blick traf auf den des Engels. Und für einen kurzen Augenblick glaubte er so etwas wie Mitgefühl oder eine Art *Verstehen* darin zu erkennen. Doch dann sauste ein weiterer Pfeil auf ihn zu, bohrte sich dicht neben ihm in den Boden. Nicht einmal die Asche seiner geliebten Kyrill konnte Thyron einsammeln. Er musste fliehen, wenn er leben wollte. Wenn er sich an diesem Engel rächen wollte. Später würde der Engel dafür bluten!

Der zweite Pfeil flog los, kaum dass der Dämon seinen Schrei ausgestoßen hatte. Wenn Tyne es nicht besser gewusst hätte, hätte er gesagt, der Höllendiener dort unten trauerte um seine Geliebte, aber Dämonen konnten nicht lieben. Deswegen gab es unter ihnen auch keine Gnade. Keine Reue. Nichts dergleichen. Und doch musste es zumindest für ihn selbst so etwas gegeben haben. Denn der Pfeil traf nicht. Er konnte sich nicht erklären, warum er den Bogen in letzter Sekunde ein Stück nach oben gezogen hatte, so dass sich der Pfeil jetzt lediglich warnend neben dem Dämon in den Boden bohrte. Der dritte Pfeil lag bereits in seiner Hand. Schweigend sah er den anderen Mann an. Mit einer seltsamen Mischung aus Wut, Erbarmungslosigkeit und – Verständnis. Noch weniger konnte er glauben, was er sagte.

»GEH! Nimm deine Leute und verschwinde, dann geschieht euch nichts!« Er war ein Beschützer, ein Leibwächter. Was tat er da?! Er sollte die Zeit lieber nutzen, diesen seltsamen Nephilim einsammeln und dann verschwinden. Tyne wollte ihn nicht umbringen. Nicht jetzt. Nicht, wenn er um seine Waffenschwester, die scheinbar auch seine Gefährtin gewesen war, trauerte. Sofern man das bei einem Dämon sagen konnte. Er hatte ihn gewarnt, doch ein zweites Mal konnte er ihm keine Gnade gewähren. Tyne sah den Dämon fliehen, bevor er selber zu dem zerstörten Zugabteil flog und dort in ein überaus unengelhaftes Fluchen verfiel. Wobei der Name des Lichtbringers allerdings keine Verwendung fand. Wohl aber die ein oder andere unvorteilhafte Bezeichnung eines gewissen Engels. Unter ihm herrschte totales Chaos, die Menschen gafften zu ihnen empor, hatten einen Dämon fallen sehen. Der Ärger war vorprogrammiert. Dazu kam auch noch, dass er den Nephilim verloren hatte. Die junge Frau war verschwunden. Alles was noch da war, war der Abdruck ihrer Aura und der eines anderen Engels, dessen Name ihm wie eine wüste Verwünschung über die Lippen kam.

»Camael!«

***

Das war ein Spektakel nach seinem Geschmack. Camael hatte ähnlich wie Tyne auf einem der Hausdächer gesessen und die Auren der Menschen beobachtet. Diese eine, spezielle hatte seine Aufmerksamkeit erregt. Das splitternde Glas und das darauf folgende Chaos hatten ihm einen wohligen Schauer über den Rücken gejagt. Sie war genau die Richtige. Etwas Besonderes. Im Gegensatz zu Tyne interessierte es ihn nicht im Geringsten, wenn jemand sah, wie er zur Bahn hinauf flog, falls momentan überhaupt jemand nach oben sah.

Glas knirschte unter Camaels Schuhen, als er den Waggon betrat. Seine pechschwarzen Flügel mit den goldenen Spitzen, ordentlich auf dem Rücken gefaltet, verschwanden bereits langsam wieder. Dennoch zog er eine Spur aus schwarzem Engelsstaub hinter sich her, der auf das am Boden liegende Blut und Glas rieselte, als er sich über Tris beugte. Schwarze

Strähnen seines schulterlangen Haares fielen ihm in die Stirn und verliehen ihm ein leicht verwegenes Aussehen. Camael war umgeben von einer dunklen, flirrenden Aura.

»Hey! Aufwachen. Ist alles in Ordnung?« Es würde sich bezahlt machen freundlich zu ihr zu sein. Hoffentlich.

Ihr Bewusstsein veränderte sich. Langsam, sachte, kehrte Tris aus ihrer Ohnmacht zurück. Flatternd öffnete sie ihre Lider und sah mit leicht verhangenem Blick in die Augen eines …

»Wunderschön…«, hauchte sie mit schwacher Stimme, doch voller Bewunderung. Vorsichtig hob sie ihre schmerzende Hand an seine Wange. »Du bist so wunderschön.« Tris schloss für einen kurzen Moment ihre Augen, sammelte Kraft und versuchte, mehr Sauerstoff in ihre Lungen zu bekommen. »So schöne Menschen gibt es nicht. Ich… bin ich tot? Du musst ein Engel sein.« Immer noch sickerte Blut aus der Platzwunde an ihrem Kopf und tränkte ihr Haar. Tris konnte nicht fassen, was ihre Augen ihr zeigten. Benommen schüttelte sie den Kopf und versuchte sich zu erinnern. Doch jede Bewegung schmerzte höllisch und der schwarze Nebel in ihrem Verstand umschloss diesen Teil ihrer Erinnerung undurchdringlich. »Was ist passiert?«, fragte sie den Fremden vorsichtig. Warum konnte sie sich nicht mehr daran erinnern, wo sie war, geschweige denn warum? Oder womit sie es verdient hatte, diesen gut aussehenden Mann vor sich zu haben?

Immerhin, sie wachte auf. Das Flattern ihrer Augenlider erinnerte ihn daran, zu lächeln und er musste zugeben, dass ihm das nach ihren ersten Worten noch leichter fiel. Ein Engel war er, ja …

»Nein, Kleines. Du bist nicht tot.« Behutsam tupfte er die Platzwunde auf ihrer Stirn ab.

»Was passiert ist, sollten wir vielleicht woanders klären. Hier bist du nicht mehr sicher. Es wird bereits um dich gekämpft.«

Mit leichter Verwunderung ließ Tris ihn gewähren. Sie zuckte nur leicht zurück, als der fremde Mann die empfindliche Haut um die Wunde herum berührte. »Kämpfe?«, fragte sie. Dabei war ihr die Verwirrung deutlich anzusehen. »Welche… Kämpfe?« Wer sollte um SIE kämpfen wollen? Und überhaupt, seit wann kämpfte man wieder um eine Frau? »Wer?«, wollte Tris wissen und suchte den Blick ihres hübschen Retters. Das war er doch, oder? »Wer… bist du?« Ja, das war ein guter Anfang. Ihr Gehirn schien doch noch zu funktionieren. Denn, egal wie schön der Fremde auch war, sie kannte ihn nicht. Wusste nichts von seinen Absichten. Andererseits hatte sie keine andere Wahl, als ihm zu vertrauen. Vorerst. Immerhin war sie verletzt, orientierungslos und wie es aussah, auch noch alleine. Wenn sie sich doch nur daran erinnern könnte, warum sie unterwegs gewesen war.

Er musste nicht einmal lügen. Jedenfalls nicht direkt. Das war fast zu einfach. »Mein Name ist Camael. Und ja, ich bin ein Engel.« Behutsam hob er Tris hoch. Er musste sie hier raus schaffen. Dank des Engelsstaubs konnte er diese Sphäre mit ihr einfach verlassen. Tris' Körper wurde von rabenschwarzen Flügeln eingehüllt und als Camael sie wieder öffnete, befanden sie sich bereits auf dem Vorplatz eines Landhauses. »Hier sind wir erst einmal sicher.«

Tris war zu erschöpft, um zu protestieren. Zu neugierig, um nicht mehr über diesen Mann und seine Absichten heraus finden zu wollen. Und, falls sie seinen Worten glauben schenken durfte, auch noch in Gefahr, wenn sie im Zug blieb. Als er seine Flügel ausbreitete und sie schützend um ihren schlanken Körper legte, beschloss Tris, dass es eh gleichgültig sei, ob sie mit ihm ging oder nicht. Schließlich behauptete er, ein Engel zu sein. Er hatte tatsächlich Flügel auf seinem Rücken. Sie musste tot sein. Das war die einzig logische Erklärung für all das. Und wer bereits tot war, konnte kein zweites Mal sterben. Oder?

Also was spielte es noch für eine Rolle, mit wem sie mit ging und wo er sie hinbringen würde.

Vertrauensvoll schmiegte sie sich an seinen warmen Körper. Lehnte ihren Kopf an seine Brust und ließ sich von ihm durch die Luft tragen. Tris genoss das einzigartige Gefühl der Schwerelosigkeit und erschauderte bis ins Mark. Ein wohliger Schauder, der ihr eine Gänsehaut bescherte und sie für einen Moment vergessen ließ, was geschehen war oder wen sie vor sich hatte. Kaum waren sie gelandet, fand sie sich auf einem mit weißem Kies ausgelegten Vorplatz wieder. Hinter ihr ragte ein modernes Landhaus auf, dessen Fenster bis zum Boden reichten. Eine massive Eingangstür aus Eichenholz mit zwei Flügeln und, oh Wunder, kunstvollen Schnitzereien, die einige Engel im Flug darstellten, rundete das Bild ab. »Wo sind wir?« Staunend, zögernd, blickte sie sich um und dann zurück zu diesem Engel.

»Was geschieht jetzt, wo ich tot bin, mit mir? Ist das hier so etwas wie die Anmeldung zum Himmel?« Wenn sie überhaupt in den Himmel kam, überlegte sie. Vielleicht träumte sie auch einfach nur. Doch warum tat ihr der Kopf dann so weh? Und das leise Kribbeln in ihrem Bauch … Okay, das konnte man auch träumen. Aber wenn dies ein Traum war, dann wäre es ihrer. Und in einem Traum konnte man tun und lassen, was man wollte. Verlegen biss sie sich auf die Unterlippe, während ihr Blick von Camaels Augen zu seinen Lippen glitt. Es war einen Versuch wert. Wenn es wirklich ihr Traum war, dann … Ohne über die Konsequenzen nachzudenken, streckte sie sich dem Engel entgegen, drückte ihre weichen Lippen auf die seinen und küsste ihn leidenschaftlich und hungrig. So, wie sie schon immer einen Mann wie Camael küssen wollte, es sich in Wirklichkeit aber niemals getraut hätte. Oh Himmel, er schmeckte köstlich.

Sie war nicht tot. Im Gegenteil. Sie war gerade dabei zu erwachen. Im Gegensatz zu anderen, zu denen, die sich an die Regeln klammerten wie verzweifelte Kinder, hatte er über den Tellerrand hinweg geschaut. Er wusste, was sie sein musste. Auch wenn er sein Glück kaum fassen konnte. Ihre Fragen allerdings belustigten ihn.

»Du bist nicht tot. Im Gegenteil, Kleines. Aber lass mich dich erst versorgen… « Er hatte es kaum gesagt, als er ihre weichen Lippen auf seinen spürte. Im ersten Moment war er überrumpelt. So schnell hatte er das nicht erwartet, nicht geplant, aber welcher Narr würde sich darüber schon beschweren? Noch immer lag sie in seinen Armen, als er den Kuss mit ungezügeltem Hunger erwiderte. Sie schmeckte süß wie die Sünde und ihr Hunger … Er würde ihren Hunger mehren; ihn dann nur im Ansatz stillen, um seinen eigenen zu befriedigen. Ohne den Kuss zu unterbrechen, hob er sie auf seine Arme, trug sie über den Vorplatz zu Tür hinein und beförderte sie auf das ausladende Bett im oberen Stockwerk. »Wenn du ahnen könntest, wie sehr ich für dich sorgen will.« Wenn sie nur ahnen würde, wie viel Lüge in diesen Worten steckte.

Sein Hunger hätte beängstigend auf sie wirken sollen, doch er tat es nicht. Im Gegenteil, er schürte ihr Verlangen nach diesem Mann ins Unerträgliche. Das war doch nicht sie, oder? Am liebsten wäre Tris in seinen Armen vergangen. Alles, egal was es war, fühlte sich an wie ein Versprechen. Ein Versprechen von purer Lust, einer Macht, die in ihren Adern zu brennen begann und die sie noch nie zuvor verspürt hatte. Tris räkelte sich auf dem Bett unter seinen Blicken, alles an ihr strahlte dieses Verlangen aus. Es schmerzte beinah, so sehr sehnte sie sich nach Erlösung. Als er immer noch so da stand, kam ein leises Knurren über ihre Lippen. Huch, war sie das gewesen? Wo kam das denn her? Erst als sie sich über das Knurren wunderte, bemerkte Tris, dass sich etwas veränderte. Das SIE sich veränderte. Die Wunde an ihrem Kopf schmerzte kaum noch, als sie danach tastete. Überhaupt fühlte sie sich, als könnte sie Bäume ausreißen. Tris' Körper schien von innen heraus zu vibrieren. Auf allen Vieren, wie eine Raubkatze, überwand sie die kurze Distanz bis zur Bettkante. Ihren Blick unentwegt auf Camael gerichtet, packte sie nach dem Bund seiner Hose und wollte ihn zu sich auf das Bett zerren.

Sie kostete gerade nur von der süßen Macht, die sie haben würde. Wenn sie erst ganz erwacht war … Oh, sie würde ein Monster sein. Genau so, wie er es sich in seinen kühnsten Träumen ausgemalt hatte. ER würde ihn lieben. Ihn belohnen … Aber erst einmal würde Camael sich selbst belohnen. Mit ihr.

Er ließ sie am Bund seiner Hose ziehen, genoss das Knurren aus ihrer Kehle und machte sich ebenso an ihren Sachen zu schaffen. Sein Mund fuhr hungrig ihren Hals hinab zu ihrem Ausschnitt. Seine Finger gingen auf Wanderschaft, glitten unter ihr Oberteil, bis hinauf zum Ansatz ihres BHs. Er wollte sie quälen. Sie würde nicht alles bekommen, was sie wollte. Nicht sofort.

Egal wie viel sie nahm oder Camael ihr gab, Tris' Hunger wurde nur mehr. Er konnte ihr Verlangen nicht im Ansatz befriedigen. Jedes Mal, wenn sie kurz davor war Erlösung zu finden, zog dieser Engel sich von ihr zurück. Schürte das Feuer in ihr aufs Neue. Tris glaubte, bei lebendigem Leib zu verbrennen. Doch sie ging nicht in Flammen auf, wie sie befürchtete. Statt dessen züngelte die Flamme der Macht in ihr höher und höher. Tief verborgen in ihrem Körper bereitete sich ein neuer Lebensfunke darauf vor, sich in ihrer Aura einzunisten. »Bring es endlich zu Ende!«, fauchte sie den Engel über ihr mit ungeduldiger Stimme an. Wölbte sich ihm entgegen, damit er sie endlich nahm, besitzen und von ihrem Verlangen erlösen konnte. Tris vergaß sich völlig. Verlor sich in den Armen eines Mannes mit Flügeln, der sie um den Verstand vögelte. Sich ihres Körpers und ihrer Seele bemächtigte. Und alles was sie konnte, war diesen Traum zu genießen. Sie wollte es! Sie wollte IHN. Und sie würde ihn bekommen. Ganz und gar. Etwas Dunkles, etwas Schwarzes in ihr erwachte zum Leben und forderte Camaels Essenz.

Ihr Erlösung zu schenken, war schwer, um nicht zu sagen unmöglich. Nicht in ihrem momentanen Stadium. Ihr Erwachen verlangte nach mehr und immer mehr. Die Flamme in ihr leckte gierig an ihm. Camael konnte sich statt der Flamme noch etwas anderes vorstellen, das eifrig an *ihm* leckte. Aber nicht jetzt, wenn sie unter ihm glühte, sich nach ihm verzehrte und er genauso wenig leugnen konnte, dass ihr sündiger Körper ihn vor Verlangen fast vergehen ließ. Ohne weiteres Zögern rammte er sich tief in sie hinein und ließ ein Stöhnen hören, das so manchen Dämon neidisch gemacht hätte. Er würde sie besitzen. Er als Erster. Egal was oder wer nach ihm kam – Sie würde sich ewig an ihn erinnern.

Er hatte sie nicht belogen. Jedenfalls nicht gänzlich. Eigentlich gar nicht. Er hatte nur ein paar Dinge ausgelassen. Rein technisch gesehen war er ein Engel. Und er wollte sie versorgen. Nur vielleicht ein wenig anders, als sie sich das dachte. Oder mit anderen Beweggründen. Aber daran dachte Mann nicht, wenn eine Frau, ein Dämonenmischling, einem gerade den Verstand aus dem Hirn zu vögeln versuchte. Und es ihr sogar – für ein paar unendliche Sekunden Ekstase – gelang. Daran dachte Mann auch nicht, wenn er danach herrlich befriedigt einschlief.

Zeit und Raum verliefen im Himmel, oder an dem Ort an dem Camael und Tris sich gerade befanden, ein wenig anders als auf der Erde. Allgemein verlief die Zeit für Engel anders als für einen Menschen. Ein Mensch hatte eine lächerlich kurze Lebenserwartung, während Engel beinahe unsterblich waren. Es sei denn natürlich, sie starben im Kampf. Es war keine

Kunst für Camael, Tris in aller Ausführlichkeit zu nehmen, wie es ihm beliebte, während im Himmel das Chaos ausbrach. Er ahnte noch nicht, was ein anderer Fürst geplant hatte, was in wenigen Tagen geschehen würde, wenn Feuer herabregnete und sich die Nachricht wie ein Lauffeuer verbreitete. Auch ahnte er noch nichts von dem Wunder, welches sich in Tris' Körper abspielte, aber hätte er es geahnt, so wäre er sicher nicht unglücklich darüber gewesen.

Auch Tris spürte, dass die Zeit hier anderen Regeln folgte. Und sie vermochte nicht zu sagen, ob sie nur wenige Stunden oder bereits Tage in dieser Zwischenwelt zugebracht hatte. Noch weniger wusste sie, was diese Zwischenwelt war oder wo genau sie sich befand. Blinzelnd schlug sie die Augen auf, tastete vorsichtig mit den Fingern nach der Platzwunde über ihrer Schläfe und stellte überrascht fest, dass sie vollkommen verheilt war. Das konnte nicht sein, so etwas war unmöglich! Ein rascher Seitenblick auf den Engel bestätigte ihr, was sie befürchtet hatte. Hier ging etwas nicht mit rechten Dingen zu. Wie konnte ihre Wunde so schnell heilen und überhaupt, was hatte sie sich dabei gedacht, mit diesem Kerl zu schlafen!? Zugegeben, er war ein Prachtexemplar von einem Mann. Und rein zufällig hatte er ihr geholfen. Wirklich rein zufällig? Tris räusperte sich leise, um zu prüfen, ob der Engel im Bett neben ihr wach war. Nichts. Keine Reaktion. Eine bessere Gelegenheit sich hier umzusehen, würde sie sicher nicht bekommen. Vorsichtig zog Tris das Seidenlaken vom Bett und wickelte es um ihren nackten Körper. Schwarzer Engelsstaub rieselte aus den Stofffalten und hinterließ eine feine Spur von Camaels funkelndem Markenzeichen. Auf leisen Sohlen schlich sie durch das obere Stockwerk des Hauses, in welches sie der dunkle Engel gebracht hatte. Still und heimlich schlüpfte sie aus dem Zimmer, in dem sie neben Camael gelegen hatte. Dieser schien tief und fest zu schlafen. Nachdem sie ihn – wie auch immer sie an dieses Wissen und Talent gekommen war – nach Strich und Faden mit dem Mund verwöhnt hatte. Sie konnte ihn immer noch auf ihren Lippen schmecken. Und allein bei dem Gedanken an die vergangenen Stunden mit ihm wurde sie bereits wieder feucht. Mein Gott, sie war sowas von bereit für ihn gewesen. Was ging hier vor? Nie hatte sie sich etwas aus Männern gemacht. War ihnen stets aus dem Weg gegangen, hatte man ihr doch eingetrichtert, dass sie nur Ärger bedeuteten, wenn man sich mit einem von ihnen einließ. Doch auf das Geschwätz ihrer Tante – und nach allem, was sie mit Camael hatte erleben dürfen, war es (eindeutig) auch nur das gewesen – gab sie bereits nichts mehr. Wie konnte ein Mann, der sie gerettet, in Sicherheit gebracht und dann mit solcher Hingabe geliebt hatte, böse sein?

Tris blinzelte müde und fragte sich, wie spät es wohl war, oder welches Datum sie heute hatten. Sicher suchte man bereits nach ihr. Oder? Neugierig setzte sie ihre Erkundungstour durch das Haus fort. Vorbei an verschlossenen Türen, modernen Kunstgemälden, die allesamt Engel und Dämonen in den verschiedensten Alltagssituationen zeigten. Dass auch Engel einen Alltag hatten, konnte sie sich nur schwer vorstellen. Obwohl, warum eigentlich nicht? Ganz offensichtlich existierten sie bereits seit tausenden von Jahren. Auf jeden Fall schien dieser Camael sich gerne selbst zu betrachten. Denn nicht wenige Bilder zeigten den attraktiven Engel mit den schwarzen Haaren und Flügeln. Barfuß tapste sie über grauen Marmor, der den gesamten Fußboden des Hauses ausschmückte und von goldschimmernden Adern durchzogen war. Sah das Landhaus schon von außen prachtvoll aus, so kam man hier drinnen nicht mehr aus dem Staunen heraus. Tris wollte nicht wissen, wie wertvoll allein der Boden und die ebenfalls aus grauem Marmor bestehenden Wände waren. Wollte sie herausfinden, woher er das Geld dafür nahm? Sie schüttelte den Kopf. Langsam schritt sie die Wendeltreppe hinunter. Nachdenklich legte sie ihre Hand auf das aus schwarzem Eisen geschmiedete und kunstvoll verzierte Treppengeländer. Zu gerne hätte sie sich auch im Erdgeschoss umgesehen. Allerdings wusste sie nicht, wie viel Zeit ihr blieb, bevor Camael wach wurde und erkannte, dass sie nicht mehr neben ihm lag.

Tris trat von der letzten Stufe, eilte ohne sich umzusehen auf die schwere Eichentür zu, durch die Camael sie hereingetragen hatte und öffnete sie leise. Es musste doch möglich sein, einen Weg von diesem Grundstück zu finden. Vielleicht war Mina inzwischen zurück und suchte nach ihr.

Hastig raffte sie das Laken zusammen und rannte über den Vorplatz auf einen nahe gelegenen Wald zu. Alles hier schien von Magie durchdrungen zu sein. Nicht nur der Marmorboden in Camaels Haus war von faszinierender Schönheit gewesen. Auch die Landschaft um Tris herum zog sie in ihren Bann. So kam es, dass sie immer tiefer in den Wald eindrang, ohne auf den Weg vor sich zu achten. Jeder Baum, jede Blume und sogar die Tiere, denen sie auf ihrer Erkundungstour begegnete, waren von einer leuchtenden Aura umgeben. Tris sah nach oben und beobachtete gebannt den Tanz der Blätter in den Baumkronen hoch über ihr. Vereinzelt fielen Sonnenstrahlen durch das dichte Blätterdach und zauberten ein prächtiges

Schattenspiel auf den moosbedeckten Waldboden. Dieser Ort war viel zu schön, um ihn zu verlassen. Vielleicht sollte sie Camael noch eine Chance geben, überlegte Tris, während ihr Blick einem bunten Schwarm Schmetterlinge folgte. Sogar diese kleinen zarten Falter hinterließen überall eine feine Spur funkelnden Engelsstaubs. Zögernd streckte Tris eine Hand aus und ließ den glitzernden Staub auf ihre Finger rieseln. Du meine Güte, das kitzelte! Staunend betrachtete sie den leuchtenden Schimmer, der sich nun auch über ihre Haut legte. Von einer befreienden Leichtigkeit erfüllt, leise kichernd, wollte Tris den Schmetterlingen hinterher, um noch mehr von diesem tollen Funkelkram auf sich niederregnen zu lassen.

Was kümmerte Tris das Schicksal Anderer, wenn sie hier im Paradies leben konnte? Weit weg von den grausamen Machenschaften der Menschheit und den Erinnerungen an ihre eigenen Probleme und Sorgen? Ein Neuanfang, gemeinsam mit Camael, klang einfach zu verlockend. So schnell sie konnte, rannte Tris den kleinen Faltern hinterher. Das Loch im Boden sah sie nicht. Ihre Aufmerksamkeit lag längst woanders. Hätte Tris lieber auf den Boden vor sich geachtet, anstatt wie von Sinnen hinter dem Sternenstaub der Schmetterlinge herzujagen. Ihr nächster Schritt ging ins Leere. Wie aus weiter Ferne vernahm sie einen ohrenbetäubenden Schrei, den sie erst als ihren eigenen erkannte, als sie bereits mit rudernden Armen in die Tiefe stürzte.

Zu spät.

Camael war sofort hellwach. Ein rascher Blick neben sich bestätigte sein ungutes Gefühl. Der Platz neben ihm war leer. Mit einem deftigen Fluch auf den Lippen quälte er sich aus dem Bett. Drängte die letzten Schatten von Müdigkeit aus seinem Bewusstsein, öffnete die Flügel und warf sich aus einem der Fenster, Tris hinterher. Was dachte sich dieses Weibsstück eigentlich dabei, klammheimlich aus seinem Haus zu verschwinden? Sie wusste nichts von dieser Ebene, auf der sie sich befand. Auch wenn sein Grundstück verhältnismäßig groß war, so endete es doch abrupt. Von den kleinen Löchern im Boden mal abgesehen, gab es überall auf seinem Domizil kleine Abgründe und Fallen. Camaels privates Domizil befand sich auf einer stabilen, frei schwebenden Felsformation. Ohne Flügel oder der Fähigkeit des Fliegens, war man verloren. Das Nichts umschloss jeden einzelnen Landsitz in der Zwischenwelt. Verflucht sollte er sein, wenn er sie jetzt in die endlosen Weiten des sphärischen Nichts fallen ließe. Nicht seinen Trumpf und wertvollsten

Fund.

So fest er konnte, presste Camael die Flügel an seinen Körper, um schneller zu fallen, als sie es tat. Endlich erreichte er sie. Noch im Sturzflug legte Camael einen Arm um ihre schlanke Taille, zog Tris fest an seine Brust und breitete abrupt seine Flügel aus, um den Sturz abzufangen. Niemand fragte je, wie schmerzhaft es war, wenn sich die Muskeln unter dem plötzlichen Ruck protestierend verkrampften.

»Was machst du denn…?«, fragte er atemlos, erschrocken. Vermutlich, weil er es tatsächlich war.

Dunkle Schatten schlossen sich um Tris' Körper, hüllten sie in tiefe Schwärze, sodass sie im ersten Moment glaubte, endgültig verloren zu sein. Doch dann spürte sie eine warme Männerbrust und ein ihr vertrauter Duft kitzelte Tris in der Nase. Dunkel, würzig und geheimnisvoll. Sie erkannte den Duft und wusste, in wessen Armen sie sich befand.

Tris Körper reagierte sofort auf Camaels Nähe. Die Wärme seiner Haut, seine starken Arme und prächtigen Flügel, die sie schützend umfingen, weckten eine tiefe Sehnsucht in Tris, der sie nur allzu gerne nachgeben wollte. Doch letztendlich gewann ihre Wut die Oberhand.

Was glaubte er wer er war? Sie hierher zu bringen und festzuhalten! Das tat er doch, oder würde er Tris gehen lassen, wenn sie wollte? War sie es nicht gewesen, die ihn geküsst und das Feuer zwischen ihnen überhaupt erst entfacht hatte? War sie sicher hier? Wo war ›hier‹ überhaupt? Einen Ort wie diesen sollte es nicht geben. Doch wenn Tris ihre Gedanken einen Moment zum Schweigen brachte; stattdessen in sich hineinhorchte, wusste sie, dass es so war. Dass dieser Ort wirklich existierte. So wie der Wald und die Schmetterlinge. Nachdenklich hob Tris die Hand, betrachte ihre Fingerspitzen und lächelte verträumt. Tatsächlich lag ein sanfter Schimmer auf ihrer blassen Haut und erinnerte sie an den magischen Moment, der zweifellos real gewesen war. Plötzlich befand sie sich in einer Welt voller Magie.

»Was willst du von mir?« fragte sie vorsichtig, um Camael nicht zu verärgern. Immerhin hatte sie es eben noch mehr als genossen, mit ihm zusammen zu sein. Und ehrlich gesagt, wollte sie auch gar nicht mehr von ihm weg.

Mit kräftigen Flügelschlägen schwang Camael sie beide zum Grundstück hinauf und setzte Tris langsam auf sicherem Boden ab. Sie hatte ihm einen gehörigen Schrecken eingejagt. »Eigentlich habe ich dir bereits gesagt, was ich von dir will. Ich will für dich sorgen, mich um dich kümmern. Wie ich es lange Zeit getan habe.« Sein unschuldiger, beinah bedauernswerter Blick war vermutlich einen Oscar wert. Misstrauisch sah sie den Engel an. »Wie meinst du das, wie du es lange getan hast?« Sie war nicht so naiv zu denken, sie sei wichtig genug, um das Aufsehen eines Engels zu erregen. Auch wenn es ihr unsagbar schwer fiel, sich seiner ach so besorgten Art zu entziehen. Plötzlich fröstelte es sie und ihr wurde schlagartig bewusst, dass sie das Laken bei ihrem Sturz verloren haben musste und jetzt völlig nackt vor ihm stand. Tris schlang schützend ihre Arme um den Oberkörper. »Warum ich? Bist du so etwas wie ein Schutzengel?« Doch wenn er das war, wofür sie ihn hielt – seit wann schliefen Schutzengel mit ihren Schützlingen!? Camaels Miene wurde noch bedauernder. Trauriger.

»Ich war dein Schutzengel. Bis ich mich in dich verliebt habe.« Es war unfair sie so zu belügen. Das Bedauern stand ihm förmlich ins Gesicht geschrieben. Jedoch deutete Tris es anders, als Camael es meinte. »Deswegen haben sie mich aus dem Himmel verbannt.« Tris starrte den Engel aus großen, dunklen Augen an. Trotz aller Bewunderung, die sie in diesem Moment für Camael empfand, konnte man ihr die Unsicherheit, den Schock über sein Geständnis, deutlich von ihrem Gesicht ablesen. »Ich hatte also recht!«

Stellte sie leise fest ohne sich von der Stelle zu rühren. Ein Engel, der sich in SIE verliebt hatte.

Tris fasste sich an die Stirn und schwankte leicht. »Das... das alles hast du für MICH getan?« Fassungslos versuchte sie sich über die Bedeutung dessen, was er ihr offenbart hatte, klar zu werden. »Du hast den Himmel aufgegeben? Für... mich?« Tris wandte sich von Camael ab. Verbarg die Tränen vor ihrem Engel und unterdrückte mühsam ein Schluchzen. »Das erinnert mich an die Geschichte, die meine Tante mir schon als Kind erzählt hat. Ich dachte immer, dass seien nur die Hirngespinste einer alten Frau.«, erklärte sie. Was, wenn es die Personen aus der Geschichte ihrer Tante wirklich gab? »Wenn das alles wahr ist, wenn du... real bist und ich dein Schützling, dann...« Tris wurde schlecht. Mit einem mal überkam sie eine Welle der Übelkeit ob des ganzen Wissens, welches gerade dabei war, sich einen Platz in ihrem menschlichen Verstand zu schaffen.

Oh mein Gott, es gab sie wirklich. Engel. Tris beugte sich leicht vor, presste ihre Hände auf den Bauch, holte tief Luft und versuchte sich zu beruhigen. Die Geschichten ihrer Tante waren also wahr? In Tris begann es zu arbeiten. Das würde bedeuten, dass sie tatsächlich auch unter den Menschen wandelten, ohne von diesen erkannt zu werden. »Dann ist es also wahr?

Meine Tante hat nicht gelogen?«, hauchte sie. In ihrem Kopf begann sich alles zu drehen. Allein die Vorstellung, was das bedeutete. Was sollte sie jetzt tun? Er liebte sie. Aber wie sah es bei ihr aus? Gleich von Liebe zu sprechen, wäre verfrüht. Auch wenn sie ihn über alle Maßen begehrte.

Bingo. Das Verlangen in ihren Augen verriet sie. Dazu ihre gehauchten Worte. Er hatte sie an der Angel. Langsam schüttelte er den Kopf. »Sie hat nicht gelogen.« Er brauchte nur noch die Leine einzuholen. Camael streckte die Hand nach ihr aus, um sie dazu zu bringen sich zu setzen, aber als sie die Übelkeit überkam, der Schock, zog er sie in seine Arme. So, wie der liebeskranke Idiot, den er spielte, es auch getan hätte. Aber das scherte Camael kein bisschen. Alles was er wollte, war, dass sie bei ihm blieb. Sich bedingungslos an ihn band – oder ihm zumindest, ohne Theater zu machen, folgte.

»Ich durfte es dir nicht sagen. Aber als *sie* dich gefunden haben … dich mir wegnehmen wollten, konnte ich nicht anders, als dir zu helfen.«

Schockiert wandte sie sich in seinen Armen zu ihm um. »Mich dir wegnehmen? Aber warum sollten sie das tun?«, wollte sie wissen, ahnte es jedoch bereits. Wenn das stimmte, was ihre Tante ihr erzählt hatte, waren die Engel nicht die herzensguten, friedlichen Balladenträllerer, für die die Menschen sie hielten. Langsam hob sie ihren Blick um Camael besser in die Augen sehen zu können. Diese Augen, in denen sie sich beinah verlor.

Warum sie so etwas tun würden? Selbst wenn er nicht gelogen hätte, Dinge dieser Art kamen oft genug vor. Meistens jedoch verliebten sich Schutzengel in Menschen oder umgekehrt – und das ging noch viel seltener gut. Camael hatte einige Kollegen in Obscuritas, die sich hoffnungslos an schwarzem Nektar berauschen mussten, um nicht der Verzweiflung zu erliegen. Aber nicht er. Er war über diese Schwäche erhaben. Er würde sich niemals verlieben.

»Du wurdest angegriffen. Daraufhin hat sich deine wahre Natur gezeigt. Deine Stärke! Aber du hattest keine Kontrolle darüber ... noch nicht.« – »Meine Stärke? Meine wahre Natur?«, fragte sie zögernd. Leicht verunsichert sah sie ihn an. »Warum greifen sie mich dann an?« Warum trachtete man ihr nach dem Leben? Und warum konnte sie sich immer noch nicht daran erinnern, was in dem Zug geschehen war? »Heilen meine Wunden deswegen so viel schneller als normal?« Verunsichert brachte sie etwas mehr Abstand zwischen sich und Camael. »Was bin ich?«, verlangte sie zu wissen, trat einen weiteren Schritt zurück und rieb sich über ihre kalte Haut. Sie war so ahnungslos … naiv wie ein Kleinkind. »Du bist etwas, das sie nicht kennen. – Komm mit …«

Langsam führte er sie zurück ins Haus. Draußen auf dem Vorplatz oder hier in seinem Domizil war es zwar sicherer als auf der Erde, aber immer noch nicht sicher genug. Die Ohren und Augen, die sie finden könnten, ruhten nicht. »Die anderen nennen dich eine Nephilim, aber das ist nicht ganz richtig. Als Nephilim bezeichnen wir die Kinder von Menschen und Engeln. Aber du … du bist nicht einmal im Ansatz menschlich. Du bist das Kind eines Engels und einer Dämonin.« Leicht zögernd folgte Tris Camael ins Haus. Tausende von Fragen, die wirrsten und widersprüchlichsten Gefühle schwirrten in ihrem Kopf umher. Wie sollte das gehen? Sie ein Kind irgendwelcher Mythenwesen? »Ich?«, keuchte sie einmal mehr erschrocken auf und stolperte vor lauter Aufregung über ihre eigenen Füße. »Das ist ein Scherz, oder? Ich soll die Tochter eines Engels und…« – was noch viel schlimmer war – »… eines Dämons sein?« Das war nun wirklich … absurd. Zu viel für ihre Nerven. Erneut brandete die Wut in ihr auf. »Ich habe weder Flügel noch Hörner. Oder einen Schwanz.«, protestierte sie. »Ich habe nicht einmal irgendwelche Kräfte, wie du sie eben erwähntest. Ich…« Ja, was eigentlich? Da war immer noch die Geschichte ihrer Tante, die sie von klein auf immer wieder zu hören bekommen hatte. Mein Gott, jetzt fing sie auch schon an, diesen ganzen Kram zu glauben. Engel, Dämonen und magische Kräfte die man vererbt bekam und vor denen alle anderen sich fürchteten. Was aber, wenn Camael recht hatte? Es tatsächlich so war, wie er sagte? Was, wenn die Erzählungen ihrer Tante ihre Geschichte, ihr Schicksal waren? Tris' Blick verdunkelte sich. Wut und Entschlossenheit blitzten in ihren dunklen Iriden, als sie sich Camael zuwandte. »Wie erwecke ich meine Kräfte?«, verlangte sie zu wissen. Die Wut in ihr, sammelte sich zu einem dunklen Punkt. Zog sich dichter zusammen. Tris' Blick verfinsterte sich, als sie auf Camael zu schritt.

»Sprich, Camael!«

Ein Scherz? Mitnichten. Aber ihm gefiel ihre Reaktion. Sie war heftig. Genau das, was er von ihr brauchte. Ihre Wut. Ihren Zorn. Aus purer Vorsicht machte er einen Schritt zurück. »Genau so! Du wurdest angegriffen und hast dich verteidigt. Du bist wütend geworden. Völlig zu Recht. Es würde mich nicht wundern, wenn du bereits eine Veränderung spüren kannst. Flügelansätze. Dunkleres Blut. Die schnellere Heilung hast du ja bereits bemerkt.«

In der Tat, wenn sie ihre Gedanken für einen Moment zum Schweigen brachte und in sich horchte, dann konnte sie es spüren, dieses leise Pulsieren von Macht. Es floss durch ihre Adern, brachte ihr Blut in Wallung und bündelte sich als Kraft in ihrem Innern. Etwas Kaltes und gleichzeitig doch Heißes brannte in ihren Händen. Überrascht drehte Tris ihre Handflächen nach oben und starrte auf die Kugel aus wirren, lila-schwarzen Lichtblitzen, die sich dort bildeten. Die Luft um sie herum knisterte leise und kleine Funken stoben vom Mittelpunkt der Kugel aus in alle Richtungen davon. Tris verspürte den Drang, die Energie wieder loszuwerden. Doch sie wusste nicht wie, noch wohin! Allmählich staute sich die Kraft in ihrer Aura und übertrug sich auf ihren Körper. Heiß-kalter Schmerz durchzucke sie. Kleine lila-schwarze Flammen züngelten ihren Arm hinauf. Fraßen sich über die Haut bis zu ihrer Schulter. Tris wagte nicht, diese Energie auf Camael loszulassen. Mit einem schmerzerfüllten Keuchen ging sie in die Knie, als sich die dunkle Energie auf ihren ganzen Körper ausbreitete. Es fühlte sich an, als würde diese Kraft sie von innen heraus zerreißen.

Damit hatte er nicht gerechnet. Er kannte die Kräfte von Dämonen und Engeln. Aber die Kombination daraus war etwas Neues, nie zuvor Dagewesenes. Tris' Reaktion traf ihn unvorbereitet. Rasch trat er einen weiteren Schritt zurück. Als sie jedoch in die Knie ging, war er wieder bei ihr. Wenn auch ratlos, was er tun sollte. Vermutlich nichts. Er konnte nichts tun. Der Engel in ihr musste unterdrückt werden, wenn sie ihr Innerstes mit solcher Wut nährte. Wahrscheinlich würde er mit der Zeit verkümmern. Auch, wenn seine Kräfte blieben, das helle Strahlen in ihrer Aura würde verschwinden und etwas Dunklem weichen. »Atmen. Langsam, ein und aus. Es geht vorbei …« Vielleicht.

Sie spürte Camael mehr, als dass sie ihn sah. Tränen verschleierten ihre Sicht, als der Schmerz so tief in ihr Innerstes drang und sie benommen zur Seite kippte. Sie wusste nicht, wohin mit dieser Kraft und allmählich zehrte die Energie sie auf. Richtete sich nach innen, und begann ihren physischen Körper langsam und qualvoll zu zerstören. Camael fluchte, weil er nicht weiter wusste, als ein schwaches, schwarzes Flackern, welches von Tris' Unterleib ausging, gierig die dunkle Energie in sich aufsog. Mit jedem Augenblick schwand mehr von dieser Energie aus ihrer Aura und sammelte sich an einem fixen, gleichmäßig pulsierenden Punkt in ihrer Mitte. Tris hatte keine Ahnung davon, was es war, das sich diese Unmengen von Energie zu eigen machte. Was es auch war, es rettete ihr in diesem Moment vielleicht das Leben. Erschöpft sank sie zusammen. Wieder einmal. Sie musste unbedingt lernen, mit diesen Kräften umzugehen. Jetzt, wo es keinen Zweifel mehr gab, dass sie tatsächlich darüber verfügte. Aber wie, wenn sie von nichts eine Ahnung hatte? Ihr ganzes bisheriges Leben war eine einzige Lüge. Woher kam diese Kraft, was bewirkte sie, wie lernte sie diese Kraft zu kontrollieren? Und was zum Teufel hatte sie gerettet? Weder Tris noch Camael ahnten, was sich in ihrem Körper abspielte. Dass dieser kleine neue Lebensfunke in ihr ebenfalls im Stande war diese Macht zu nutzen.

Camael zog Tris in seine Arme, als sie auf den Boden niedersank und streichelte ihr sanft übers Haar. Er hatte keine Ahnung, was genau da passierte. Mit derart großen unterdrückten Kräften hatte er nie zu tun gehabt. War ihm auch gleichgültig, schließlich schien sie sich zu erholen. »Ruh dich aus. Dann werde ich dir jemanden vorstellen, der dir vielleicht helfen kann.« Erleichtert atmete sie auf. Endlich füllten sich ihre Lungen mit Luft, ohne das Gefühl zu haben, je mand schneide sie ihr bei lebendigem Leib heraus. Dankbar warf sie sich in die Arme ihres Engels und begann fürchterlich zu weinen. »Es tut mir so leid! Du hast alles aufgegeben für mich. Ich … ich …« Sie schämte sich der Worte, die über ihre Lippen drängten. Unsicher sah sie zu ihm, senkte ihren Blick jedoch sofort gen Boden. »Ich weiß nicht, was in mich gefahren ist. Da war dieser Drang dir wehzutun! Dich … » Sie schluckte schwer. Ihre Stimme brach. Erneut schüttelte heftiges Schluchzen ihren Körper. »Ich hätte dich beinah getötet!«, flüsterte sie. »Diese Kräfte machen mir Angst.«, gestand sie, wagte aber nicht zu ihm aufzublicken. Das lief ja wirklich wie am Schnürchen. Na gut, es war auch nicht ganz gefahrlos. Aber sie war Butter in seinen Fingern. Egal, was er jetzt von ihr haben wollte, sie würde es ihm zweifellos geben.

»Das kommt vor …« Wahrscheinlich jedenfalls. Wahrscheinlich kam es vor. Er hatte noch nicht so viele Dämonen-Engel-Mischlinge in seiner Obhut gehabt. Aber die Dämonen-Mensch-Mischlinge … Er war oft genug in Deckung gesprungen. Was seine Reflexe anging, die waren inzwischen mehr als nur geschult. Spätestens als einer ihm den halben Flügel weggesengt hatte, hatte er schmerzhaft gelernt, sich vor solch Unerfahrenen in Acht zu nehmen. Es war fast schon zu einfach. Tris war wie seine kleine, persönliche Rächerin. Ein perfektes Werkzeug. »Ich fiel vor zehn Jahren; habe dich bereits geliebt, als du noch ein Kind warst. Aber nicht so, wie ich es heute tue. Dennoch hat man damals bereits erkannt, dass ich stets Partei für dich ergriff; nicht wollte, dass sie dich an Orte bringen, an die du vielleicht nicht gehen wolltest. – Und, wenn du es wirklich wissen willst … Es war meine Herrin. Meine Königin, samt dem König. Die herrschende Familie. Sariel, Uriel, Michael, die mich aus dem Himmel verbannten. – Und das, obwohl Michael selbst einen gewöhnlichen Engel liebt. Gegen jede Konvention.« Es war nicht einmal gelogen. Der letzte Teil jedenfalls.

Tris' Welt stand Kopf. Sie hatte das Gefühl, hin – und hergerissen zu werden, zwischen Wut, Schmerz und Traurigkeit. Das zarte Pflänzchen der Zuneigung, welches sie für Camael empfand, wuchs mit jedem seiner Worte. Wie ein vergifteter Dorn drang er tief in ihre Seele und verströmte dort sein Gift.

»Bring mich zu ihnen. Ich werde sie für das, was sie dir angetan haben, zur Rechenschaft ziehen. Man spielt nicht mit der Liebe oder dem Leben einer Seele!«, donnerte sie und packte Camael so plötzlich mit roher Gewalt an seinem Kragen, dass er im ersten

Moment nicht wusste, wie ihm geschah. »Bring mich zu ihnen. JETZT!« Tris' Stimme war nur mehr ein Fauchen. Der Ruck, die Kraft, mit der sie ihn packte, ließ Camael nach Luft schnappen. Ausnahmsweise einmal musste er nichts davon spielen. Ihre donnernde Stimme war furchteinflößend und versetzte auch ihn in Alarmbereitschaft. Seine Flügel spreizten sich nervös, unsicher. Seine Augen glommen rot auf, wachsam. »Tris ... Ich *Kann* nicht in den Himmel. *Du* kannst nicht dort hin, sie würden uns töten! – Noch. Du musst lernen deine Kräfte zu kontrollieren, sonst bist du ein gefundenes Fressen für sie! Vergiss nicht, sie wollten dich bereits einmal tot sehen!«

Es fiel ihr schwer, sich einzugestehen, dass er recht hatte. Tris zögerte noch einen Moment. Doch dann ließ sie ihn wieder los, raffte sich auf und schritt durch das Wohnzimmer. Scheinbar interessiert betrachtete sie die Einrichtung. Schien in Gedanken jedoch woanders. »Kennst du die Legende von den zwei Liebenden?«, fagte sie ohne sich zu ihm umzudrehen.

»Dem Engel – und der Dämonenwächterin, aus deren *verbotener* Liebe ein Kind hervorging? Doch der Himmel bestrafte ihre Liebe mit dem Tod.« Tris wirkte ein wenig zu beiläufig, während sie erzählte. »Ist die Geschichte wahr, Camael?« Wenn sie es war, würde

Tris auf der Stelle zurück in ihre Wohnung wollen. Sie musste dort etwas holen. Vor allem aber wollte sie ihre Tante zur Rede stellen. Ungeduldig wandte sie sich Camael zu und sah ihn erwartungsvoll, aus schmalen Augen an, während er sich erleichtert das Oberteil abklopfte. Sie war eine Naturgewalt. Wenn er sie nicht unter Kontrolle brachte, würde das in einem ausgedehnten Kampf enden, der auch nur deswegen ausgedehnt sein würde, weil sie noch nicht trainiert war. »Ich kenne die Legende. Auch wenn ich nur eine Seite definitiv bestätigen kann. Demnach gab es vor etwa dreiundzwanzig Jahren einen himmlischen Wächter. Einen Seraphim, der vom Tribunal getötet wurde, weil er den Himmel verraten haben soll.«

 Ein Seraphim? »Womit hat er den Himmel verraten? Und wie ist er gestorben?«, hakte Tris nach. Ihre Neugier war geweckt. Sie wollte mehr darüber erfahren, vor allem aber wollte sie die Wahrheit. Langsam trat sie auf Camael zu, schlang ihre Arme um seine muskulöse Brust und schmiegte sich an ihn. Nichts deutete mehr auf ihren Todeskampf von vor ein paar Minuten hin. Beunruhigend. »Bring mich nach Hause. Ich muss mit meiner Tante reden. Es gibt einiges zu klären«, verlangte sie von Camael und küsste ihn spielerisch. Dreiundzwanzig Jahre. So alt wie sie jetzt war. Das konnte doch kein Zufall sein? Oder?

Wenn dieser Seraphim ihr Vater gewesen war, wusste Camael nicht, ob er darauf eine so genaue Antwort geben sollte. Er könnte es. Aber sollte er? Tris schmiegte sich so vertrauensvoll an ihn ... Verlangte von ihm, dass er sie heimbrachte. Nun gut, das wäre möglich. Von ihrer Tante konnten sie sicher auch noch einiges erfahren.

»Er hatte eine Geliebte. Eine Dämonin. Das ist mehr als nur verboten im Himmel. Gerade für einen Wächter. Du willst nicht wissen, wie er gestorben ist. Wirklich nicht!«

Er wollte nicht riskieren, dass sie noch einmal einen solchen Wutanfall bekam, wenn er daneben stand. Allerdings war der Gedanke daran recht schnell verschwunden, als sie ihn küsste und seine Antwort darauf postwendend kam.

Tris verschlang ihn mit ihrem Kuss, so gierig war dieser. Ihre Zunge eroberte ihn, lockte, forderte. Um sich ihm dann, ganz plötzlich zu entziehen. Schwer atmend, seufzend und mit vor Lust pulsierendem Blut. »Sprich weiter, Camael ...«, raunte sie ihm mit dunkler Stimme ins Ohr. »Dann wird die Reise zu meiner alten Wohnung nicht ganz so langweilig werden.«

Kapitel 2

***

Geduldig beobachtete Seth die Szene von seinem sicheren Versteck aus. Er wusste bereits, was der Engel gleich noch feststellen sollte. Die Menschenfrau war längst fort. Der Engel kam zu spät. Ebenso wie sein Wächter Thyron. Nur mit dem Unterschied, dass dieser weit mehr verlor, als der Engel. Obwohl Seth den Verlust seiner Wächterin Kyrill am eigenen Leib spürte und den Schmerz mit Thyron teilte, überwog das Triumphgefühl in ihm. Sein Plan schien aufzugehen. Alles entwickelte sich nach seiner Vorstellung. »Flieg nur, kleiner Engel. Flieg zu deiner Herrin.« Seths Schmunzeln konnte jedoch nicht über die tiefe Trauer in seinem Herzen hinwegtäuschen.

Geduldig wartete er darauf, dass sein Wächter zu ihm zurückkehrte. Einen Tag und eine ganze Nacht lang gab er ihm Zeit sich zu sammeln. Und tatsächlich kehrte sein Wächter am Morgen des zweiten Tages zu ihm zurück. Blutend. Thyron war am Boden zerstört. Der schmerzhafte Verlust seiner Gefährtin und seines ungeborenen Kindes setzte ihm schwer zu. Seth ließ auch dies auf sich beruhen.

»Du kommst spät«, stellte er trocken fest. »Ich ... musste etwas erledigen.« Seth beobachtete seinen Wächter sehr genau. Schließlich nickte er. »Sie war meine beste Wächterin ... «, setzte Seth zu reden an. »Ich werde den Mord an deiner Gefährtin nicht ungesühnt lassen«, versprach er dann.

»Gefährtin und Kind!«, widersprach Thyron mit finsterer Miene. Noch immer glomm das Feuer der Rachsucht in seinen Augen. Überrascht hob Seth eine Braue. »Warum wusste ich das nicht?«, verlangte er zu erfahren. Ärger funkelte kurz in Thyrons Blick. »Sie wusste es ja nicht mal selbst. Nur ich. Ich habe es an ihr gewittert. Und als sie starb, sah ich es.« Er ballte seine Hände zu Fäusten und knurrte: »Sie war noch ganz am Anfang ihrer Schwangerschaft. Aber das ändert nichts an meinen Plänen für diesen Engel! Es bedeutet lediglich, dass ich nicht mehr nur sein Leben auf dem Gewissen haben werde, sondern auch das seiner Liebsten.« Neugierig horchte Seth auf. »Ist das so? Und was, wenn es keine Liebste und keinen Liebsten gibt?«, bohrte Seth nach, ohne den Blick von Thyron zu nehmen. »Jeder hat irgendwo jemanden, den er liebt«, entgegnete dieser entschlossen. Thyron war für seinen Mut und starken Willen unter den Drachen bekannt. Ihn so gebrochen zu sehen, überraschte Seth ein wenig. Kyrills Tod war mehr als tragisch. Er hatte für das ganze Drachenvolk verheerende Folgen. Immerhin war sie seit einhundertfünfzig Jahren der erste schwangere Drache gewesen. Bittere Ernüchterung legte sich über Seths anfängliche Euphorie. »Dafür wird dieser Engel sterben! Langsam und qualvoll!«

***

Der Himmel war schon immer alles das, was Menschen sich vorstellen konnten – und noch viel mehr. Als Tyne an den himmlischen Portalen ankam, musste er zunächst die Seraphim passieren. Seraphim waren keine normalen Engel. Meist überaus wortkarg, loyal bis in den Tod und vor allem erbarmungslose Wächter. Ihre sechs Flügel und die Rüstung machten sie selbst im Ruhezustand zu eindrucksvollen Erscheinungen. Im Moment befanden sich allein sechs dieser Wächter am Portal zur Erde – und sobald Tyne hindurch trat, fand er sich in ihrem Kreis wieder. Ihn beschlich ein mehr als unangenehmes Gefühl. Seraphim diskutierten nicht. Stellten keine Fragen, handelten dafür aber umso schneller.

»Lasst mich mit Lady Sariel…«

»Anweisung Ihrer Majestät, Königin Jophiel. Ihr werdet unverzüglich aus dem…«

»LASST IHN durch!«

Oh, er kannte diese Stimme. Und er wusste nicht, ob ihm das besser gefallen würde, als aus dem Himmel verbannt zu werden. Noch nicht. Als die Seraphim zur Seite traten, stand vor ihm in vollen königlichen Gewändern und mehr als missgelaunt, Gabriel. Höchster der Engel.

»Hey!« Tyne wurde unwirsch an der Schulter gepackt und quer durch die Gänge und Wege gezerrt. In luftiger Höhe, ohne Netz oder doppelten Boden, allerdings in einer gänzlich anderen Sphäre als die Welt der Menschen, schwebte seine Heimat. Ein Gewirr aus weißem Marmor, Gold und plötzlich im Nichts endenden Treppen. Türmen in den Wolken, welche die Banner der Erzengel trugen. Die Kaserne mit ihren riesigen Trainingsanlagen, ausladende Gärten – und der in der Ferne schwebende Palast. Da gab es ein oder zwei Dinge, die Tyne deutlich besser über Gabriel wusste, als dieser selbst. Wenn Gabriel in vollem Ornat auftauchte, bedeutete das immer Ärger. Wenn er dazu auch noch so verbissen schwieg, es öffentlicher machte, als es für einen Engel in seiner Position nötig gewesen wäre, gab es eine nicht zu verachtende Ehekrise daheim. Und er konnte sich denken, wer die Königin so in Rage versetzt hatte. Der große Platz im Himmel wimmelte nur so von regem Treiben. Engel liefen, flatterten und flogen kreuz und quer durcheinander. Jeder mit seinen ganz eigenen Botengängen – und momentan in hellem Aufruhr. Gebellte Befehle schallten über den Platz. Machten ihn mehr zu dem Vorplatz der Kaserne, an dem sie eben noch vorbeigekommen waren. Mit versteinerter Miene schob Gabriel Tyne durch die Menge. Das war nicht gut! Ganz und gar nicht gut. Tyne hatte beim bloßen Vorbeihuschen Engel und Erzengel auf diesem Platz gesehen, die er dort nie hatte sehen wollen. Nicht in dieser Kombination. Und sicherlich nicht in dieser Einigkeit. Nie wieder jedenfalls.

 Als sie die Palasttore durchquerten, wurde der Lärm von draußen leiser. Dafür erhoben sich neue Stimmen. Die zweier Frauen, welche er ebenso gut kannte. Ab und an mischte sich eine dritte, männliche Stimme ein. Halb erwartete er, noch eine Vierte zu hören. War sich aber in Anbetracht der Lage auf dem Vorplatz sicher, dass derjenige gerade anderweitig beschäftigt war. Die Tür zum Thronsaal flog auf. Dieses Mal hatte Tyne kein Auge für die Ornamente und Verzierungen. Für die Geschichten, die in Statuen und Säulen gemeißelt den Weg zum Thron säumten. Er sah einzig und allein drei streitende Engel. Eine davon mit durch und durch goldenen Flügeln, genau wie die Gabriels, und einer Adamantiumkrone auf dem Haupt, fest eingeflochten in ihr Haar. Jophiel. Gabriels Frau – und die Königin. Als sie ihn ansah, traf ihn ihr Blick mit einer Verachtung, die sie nicht einmal im Ansatz zurückhielt. Im selben Moment aber spürte er, wie ihn jemand Gabriels Griff entriss und sorgsam abtastete. Feingliedrige, weibliche Finger. Sein Blick ging zu seiner Linken. Sariel. Seine Herrin war schon immer besorgt um ihre Leute gewesen. Und noch viel besorgter um ihren eigenen Leibwächter.

»Warum ist er hier? Er sollte nicht einmal die Pforte überschritten haben. Mein Befehl lautete…«

Jophiel war außer sich vor Wut – aber dieses Mal war es Gabriel, der antwortete.

»Und *ich* habe dem nicht zugestimmt! Ohne ihn anzuhören werden wir kein Urteil fällen! Schon gar nicht ohne Uriel!«

Beim Klang dieses Namens breitete sich das Unbehagen nur noch stärker in Tyne aus. Uriel. Die himmlische Richterin. Erst einmal hatte Tyne Anderes zu erledigen. Er musste seiner Herrin berichten, was sich zugetragen, was er in Erfahrung gebracht hatte. Sollten Gabriel und Jophiel ruhig streiten.

»Sariel, der Nephilim, den ich gesucht habe…«

»Tyne. Meinst du nicht, du hast jetzt andere Probleme, als einen Nephilim? Du stehst kurz davor, aus dem Himmel verbannt zu werden! Du wirst ein Gefallener, wenn du das nicht wieder hinbiegen kannst – jetzt!«

Sariel wirkte alles andere als glücklich. Und Tyne konnte es ihr nicht verdenken. Nicht nur wegen seines eigenen Schicksals, sondern weil er nicht der Erste wäre. Sariel war ein Engel der Heilung, genau wie ihr Vater. Und dennoch war sie nach dem letzten Krieg vor 248 Jahren zu einer Kriegerin herangewachsen. Und zur Kronprinzessin. Allerdings war das, was er ihr mitteilen musste, gerade für sie nur ein weiterer Schlag ins Gesicht.

»Dieser Nephilim war kein gewöhnlicher Nephilim! Sie trug noch etwas Anderes in sich und das war nicht menschlich. Sie trug überhaupt nichts Menschliches in sich. Wenn Camael …«

An diesem Punkt stockte Tyne, als er Sariels Gesicht sah. Camael. Natürlich. Camael war einst einer ihrer eigenen Gefolgsleute gewesen. Einer, der sie verraten hatte. Das war genau der Moment, in dem sich der bis jetzt stumme Engel in einer der Ecken zu Wort meldete. »Du scheinst schon wieder einen deiner Leute zu verlieren … Tochter.«

Die Abscheu, mit der das letzte Wort über seine Lippen kam, brannte selbst in Tynes Geist.

»Wenigstens habe ich noch Leute, die ich verlieren kann, während du keinen einzigen von ihnen jemals zurückholen konntest, Vater.«

Raphael, der Erzengel, der die Spitze eigentlich hätte aufnehmen müssen, reagierte mit jener stoischen Gelassenheit, die ihm in den letzten Jahrhunderten, nach dem Tod seiner Frau, zu eigen geworden war. Gelassen wandte er sich an Jophiel.

»Meine Königin, was bedeutet ein einzelner Nephilim, wenn die Welt brennt? Ich mag kein Heerführer sein, aber der Sohn des unseren hat sich bereits als unfähig erwiesen den Schleier zu wahren.« Jophiels Blick glitt wieder zu Tyne. Er wusste genau, dass sie gegen ihren Mann vorerst nichts ausrichten konnte – aber mit dem Urteil Uriels würde alles vorbei sein. Auch wenn er sich noch nicht sicher war, was genau los war.

»Du wirst diesen Nephilim aufgeben. Wir haben andere Probleme. Zum Beispiel deine Verfehlungen auf der Erde. Du wirst dich darum kümmern. Melde dich in der Kaserne!«

Mit langen, kraftvollen Schritten eilte Michael durch den kunstvoll gearbeiteten Säulengang. Sein Ziel war der Übungsplatz, wo hunderte Engel seiner Legion bereits auf ihn warteten. Noch nie war der Erzengel des Krieges einem Konflikt aus dem Weg gegangen. Wer aber glaubt, er sei hitzköpfig und unüberlegt, der irrt. Michael war durchaus in der Lage, taktische Vor- und Nachteile gegeneinander abzuwägen.

Der Lärm klirrenden Metalls und harsch gerufener Befehle drang an sein Ohr. Verstummte jedoch augenblicklich, als er seine Krieger erreichte. Er wäre überall lieber gewesen als hier. Am liebsten mit seinem Sohn. Doch dieser hatte es geschafft, innerhalb nur weniger Augenblicke ein ganzes Reich gegen sich aufzubringen. Schweren Herzens hatte er die Befehle seiner Königin entgegengenommen. Es war seine Aufgabe und heilige Pflicht, seine Krieger auszuschicken, um die Ordnung unter den Menschen wieder herzustellen. Das Chaos, welches sein Sohn verursacht hatte, durfte er nun mit seinen Männern wieder ausbügeln. Michael brachte all seine Selbstbeherrschung auf, seinen Sohn nicht sofort zum Kampf herauszufordern, als er ihn in Begleitung von Sariel auf den Übungsplatz kommen sah.

Sariel begleitete Tyne den ganzen Weg über bis zur Kaserne. Sie wirkte alles andere als glücklich über seinen Bericht, versprach ihm allerdings Hilfe – soweit dies in ihrer Macht stand. Was schon recht viel Macht war.

»Wir werden sie finden. Sie sollte es wenigstens wert

sein, dieses Chaos.« Sariel sah ihn mit einem halb aufmunternden Lächeln an.

»Das ist sie. Ich weiß es. Diese …« Tyne brach ab, als er Michael erblickte, der gar nicht glücklich aussah.

»Vielleicht lässt du mich das machen«, versuchte Sariel es vorsichtig. Tyne schüttelte den Kopf. Sah dem Kriegsherrn fest in die Augen.

»Vater.« Er würde da durch müssen. Ob er wollte oder nicht.

»Sohn«, kommentierte Michael die Ankunft seines Sohnes Tyne. Sein strenger Blick lag fest auf ihm. Dann wechselte seine Aufmerksamkeit zu Sariel und er deutete eine leichte Verbeugung an. »Lady Sariel.« Sein Blick kehrte zu Tyne zurück. Er war nicht missbilligend, aber wütend. Wenngleich auch ein Hauch Sorge in Michaels Augen flackerte. Ein Narr war er allerdings auch nicht. Michael wusste, dass Sariel auf ihre Leute achtgab. Im Gegensatz zu manch anderem Erzengel. Sie würde niemals zulassen, dass er Tyne vor aller Augen maßregelte. Dabei spielte es keine Rolle, dass er sein Vater war. Hier auf dem Platz war Sariel die Kronprinzessin und er der Erzengel des Krieges. Allerdings würde Tyne ihm auch nicht ewig entkommen. Dafür würde Michael schon sorgen. »Was wünscht Ihr, Sariel?«, verlangte Michael zu wissen und versuchte sich an einem vorsichtigen Lächeln.

»Wie ich sehe, braucht mein Sohn einen Babysitter.« Das war eine Spitze, wie sie typisch für ihn war. Es war Michaels Art, seinen Unmut über Tynes Fehltritt auszudrücken. In seinen Augen spiegelte sich Enttäuschung wider, als er seinen Sohn betrachtete.

»Wenn deine Mutter das sehen könnte!« Es war schon schlimm genug, dass sich beinah alle am Hofe darüber pikierten, dass Michaels Frau, Tynes Mutter, ein gewöhnlicher Engel war. Der Gedanke daran, die Vorurteile der Anderen mit Tynes Fehltritt nur noch weiter zu schüren, stachelte seine Wut weiter an. »Ich habe zu tun, wie Ihr seht. Also, was wollt Ihr von mir?«

Sariel schenkte Michael ein müdes Lächeln. Diese Art von Spitzen war sie gewohnt – Tyne reagierte deutlich missgestimmter. *Babysitter.* Als ob er jemals einen Babysitter gebraucht hätte! Vor allem nicht Sariel, die noch dazu um einiges jünger war als er selbst. Durch sein Missfallen bemerkte er nur die Wut in Michaels Augen, nicht aber die Sorge, die sich in ihnen widerspiegelte. Umso grimmiger wurde sein Blick, als Sariel ihn leicht nach vorne schob.

»Dir einen Soldaten bringen. Auf Geheiß der Königin. Sieh zu, dass du ihn heil lässt, ich brauche ihn noch. Und ein gewisser Nephilim vielleicht auch. Grüß Harviel von mir.« Mit diesen Worten verschwand sie. Ließ Tyne alleine mit seinem Vater zurück. »Sag einfach nichts. Ich will es gar nicht hören.«

»Glaubt die Königin, ich ruhe mich hier aus? Ich habe genug damit zu tun, meine Krieger anzuführen. Da ist keine Zeit, auf einen unfähigen Sohn aufzupassen«, knurrte der Erzengel des Krieges. Missbilligenden Blickes nickte er Tyne dennoch zu und bedeutete ihm, in hinterster Reihe Stellung zu beziehen. Sariel ging davon und ließ einen brodelnden Vulkan namens Michael zurück. Ob das gut ging mit den beiden? »Du bist auf dich allein gestellt. Und tu uns allen bitte einen Gefallen. Wenn wir jetzt da raus gehen, um deinen Dreck wegzuräumen, mach keinen neuen.« Mit diesen Worten wandte er sich von seinem Sohn ab, den Kriegern zu. »Aufbruch!«, rief er mit donnernder Stimme, woraufhin sich alle in Bewegung setzten.

Tynes Begeisterung hielt sich erheblich in Grenzen. Er begegnete Michaels Blick mit kaum unterdrückter Wut und stapfte ungehalten, ohne ein weiteres Wort in die Formation. Er würde seinem Vater gehorchen. Bis zu einem gewissen Grad. Aber wenn sie wieder unten auf der Erde waren, würde er ihn entweder beiseitenehmen um mit ihm zu reden, oder eigenhändig nach dem Nephilim suchen.

Ein unglaublich eindrucksvolles Bild verbarg sich vor den Augen der Menschen, als sich Michael mit den Engeln seiner Legion in die Lüfte schwang und davon flog. Tausende von unterschiedlichen Flügelfarben funkelten im Sonnenlicht. Doch nicht einmal dieser herrschaftliche Anblick, mit all seinem Glanz und Gloria konnte die Dunkelheit aus Michaels Herz verdrängen, welche sich dort eingenistet hatte. Er flog als Erster, allen anderen voran, ohne zu wissen, was genau sie erwartete. Michael grübelte über das Schicksal seines Sohnes. Wenn Harviel doch nur hier wäre. Sie hätte gewusst, wie sie mit Tyne umgehen musste. Auch Erzengel konnten verzweifeln. Michael gab sich redlich Mühe, die Sorge um seinen einzigen Sohn vor allen anderen, vor allem aber vor Tyne selbst zu verbergen. Tyne sollte nicht sehen, dass sein Vater sich grämte. Dafür waren beide Männer einfach zu stolz.

Tyne stand nicht der Sinn nach besonders eindrucksvollen Bildern. Im Gegensatz zu seinem Vater wusste er – oder ahnte zumindest – was auf sie wartete. Aber natürlich wollte das niemand hören. Zuallerletzt Michael – jedenfalls war das Tynes Überzeugung. Er musste sich alleine durchschlagen. Noch immer haderte er mit sich, ob er nicht mit ihm reden sollte. Immerhin war Michael sein Vater. Aber in gewisser Weise lag genau da auch das Problem. Seine Mutter hörte ihm immer zu, ganz gleich, worum es ging. Sein Vater hingegen war der Erzengel des Krieges. Und das spürte man. Auch in der Erziehung.

Sobald Michaels Bataillon auf der Erde angekommen war, machte Tyne sich auf die Suche. Während der Rest ausschwärmte, verschaffte ihm dies die ideale Deckung, um der Spur zu folgen, die der Nephilim hinterlassen hatte – und Camael. Wenigstens gab es eine grobe Richtung. Sehr grob. Damit sein Vater wusste, was Tyne vorhatte, schickte er ihm mit seinem Mäusebussard eine Nachricht. Glücklicherweise befanden sich die tierischen Begleiter eines Engels, immer in dessen Nähe. Jeder Engel bekam am Tag seiner Geburt einen gefiederten Freund zur Seite gestellt, der ihn ein Leben lang begleitete.

Während Tyne suchte, entdeckte er eine weitere Signatur. Eine menschliche, die Spuren der Aura seines Nephilim trug. Sie war dem Nephilim sicher nah gewesen. Vielleicht sollte er diesem Menschen folgen. Den ersten Ruf seines Vaters ignorierte er. Den zweiten hörte er nicht einmal mehr.

Dafür rief jemand anderes neben Michael und zog seine Aufmerksamkeit auf sich. Der Mäusebussard saß in einem der Fensterrahmen des Zuges und sah Michael abwartend an. Auf seinem Rücken eine kleine Lederrolle.

Natürlich. Tynes Bote. Michael hatte große Mühe, nicht auf der Stelle alles was ihm unter die Augen trat, kurz und klein zu schlagen. Doch er beherrschte sich. Um seiner Gemahlin willen. Die sicher den Zorn und die Abneigung aller zu spüren bekäme, sollte Michael sich zu einem solch fatalen Gefühlsausbruch hinreißen lassen. Doch anstatt dem Raubvogel jede Feder einzeln auszurupfen, hielt er ihm seine andere Hand hin, damit er vom Fensterrahmen herunter auf seine Hand hüpfen konnte. »Was hast du also für mich?«, fragte er immer noch gereizt und nahm dem Vogel die in einer Lederrolle verstaute Nachricht ab. Er entrollte die Botschaft und las.

Nachdenklich erhob sich Michael, sah sich um und rief ein drittes Mal nach seinem Sohn. Das durfte doch nicht wahr sein! Da machte der sich klammheimlich aus dem Staub, während er die Verantwortung für Tyne von der Königin höchstselbst übertragen bekommen hatte! In seinen Augen funkelte der Zorn. In diesem Moment wäre ihm egal, ob sein Sohn ein erwachsener Mann war oder nicht. Er würde ihn übers Knie legen, wenn er das noch könnte. Was dachte Tyne sich bloß dabei? Was sollte Michael vor der Königin sagen, wenn bekannt würde, dass er nicht einmal seinen eigenen Sohn unter Kontrolle hatte? »Das war ein Fehler, Tyne! Ein großer Fehler.« Michaels schriller Pfiff zerteilte die Luft. Kurz darauf landete eine weiße Schleiereule auf Michaels Arm. »Folge meinem Sohn und wache über ihn!«, sprach er leise. Die Eule erhob sich in die Luft und flog davon.

Tyne musste dieser Spur einfach folgen. Sie war sein einziger Anhaltspunkt – und die einzige Möglichkeit sie doch noch zu finden, um zu beweisen, dass er kein absoluter Idiot war. Nicht nur der Königin – die war ihm eigentlich egal – sondern seinem Vater. Und Sariel, die er nicht enttäuschen wollte. Immerhin hatte er Michael eine Nachricht dagelassen. Das war doch schon ein Entgegenkommen seinerseits. Im Grunde hätte Michael klar sein müssen, was in dem Brief stand. Es waren hastig hingekritzelte Zeilen, die grob zusammenfassten, was passiert war – inklusive Tynes Begegnung und Begnadigung des Dämons. Seine Rückkehr in den Himmel, sowie Sariels Hilfsangebot. Wirklich interessant war aber die letzte Zeile. Tyne würde diesen Nephilim suchen, finden und zurückbringen. Um vor allem seinem Vater zu beweisen, dass er kein Idiot war, der leichtfertig das Geheimnis seiner Art aufs Spiel setzte. Tyne selbst folgte weiter der Spur der schwachen, menschlichen Aura. Was in dem Chaos aus menschlichen Auren alles andere als leicht war. Es war alles, was er hatte.

Warum hatte man ihn nicht darüber informiert? Wenn das stimmte, was er da las. Sollte Tyne sich mit diesem Nephilim nicht irren … Michael schüttelte den Kopf. Nein! Das konnte nicht sein; es durfte nicht sein. Diese Legende war bloß eine Geschichte, die man den Kindern erzählte. Ein Märchen über eine ebenso unglückliche wie dramatische Liebe – und so sollte es bleiben. Er selbst wollte nur zu gerne daran glauben, dass die Älteren diese Geschichte erzählten, um die jungen Engel abzuschrecken. Doch er wusste es besser. Allerdings würde es zu der seltsamen Signatur passen, die er selbst bei seiner Ankunft wahrgenommen hatte. Michael rollte das Papier zusammen und sah den Vogel an. »*Du*, bringe mich zu meinem Sohn!«, befahl er dem Vogel. Ein Vogel wusste immer, wo sein Herr sich befand. Und dieses Wissen machte Michael sich zu Nutze. Er musste mit Tyne über dessen Verdacht reden, bevor er keine Gelegenheit mehr dazu hatte.

Der Bussard sah Michael einen Moment lang an, legte den Kopf schief und flog schließlich davon. Diese Tiere hatten eben ihren eigenen Kopf. So treu er seinem Herrn auch ergeben war, wusste der Vogel, wen er mit Michael vor sich hatte.

Es dauerte nicht lange, bis das Tier Tyne entdeckte.

Die Hand auf dem Asphalt, hockend, sich suchend umsehend.

Als auch Michael seinen Sohn auf der Erde hockend erkannte, zögerte er nicht lange. »Ist das wahr, was du geschrieben hast?«, fragte er direkt heraus. »Wenn du dich irrst, wird man dich nicht einfach nur verbannen. Sie werden dich deiner Flügel berauben. Dir deine Kraft und Unsterblichkeit nehmen. Ferner werden sie dafür sorgen, dass deine Mutter und ich keine Nachkommen mehr zeugen können ...« Immer noch glomm Wut in Michaels Augen. Doch endlich war nicht mehr die Mitte seiner Pupillen von Feuer erfüllt, sondern nur noch der Rand.

»Also! *Was hast du gesehen?*« Er wollte es direkt aus Tynes Mund hören. Nicht von irgendwelchen Zetteln lesen. Nein. Er brauchte Tynes Wort darauf. Ungeduldig hob sein Vater eine Braue und sah ihn auffordernd an.

So hochkonzentriert wie er war, schreckte Tyne abrupt auf, als er die Stimme seines Vaters hörte. Woher ...? Sein Blick fiel auf den Bussard, der sich gerade das Gefieder putzte. »Verräter«, murmelte Tyne dem Tier leise zu. Dieses jedoch würdigte ihn keines weiteren Blickes. Tja, das musste er jetzt aussitzen, stehen. Oder was auch immer.

Tyne musste zugeben, dass die Aussicht auf das, was sein Vater ihm schilderte, dafür sorgte, dass ihm mehr als nur anders wurde. Sariel würde zwar versuchen Michael und Harviel zu helfen, genauso wie Gabriel. Aber was, wenn sie es nicht schafften? Mit dem zu leben, was das Schicksal für einen selbst bereit hielt, war das Eine. Aber seine Eltern mit hineinzuziehen … Langsam stand er auf. »Ich habe einen Nephilim gesehen, der die Aura eines Dämons, als auch eines Engels trug. Da war nichts Menschliches. Absolut nichts. Ich weiß, wie das klingt. Als ich sie einsammeln wollte, wurde ich angegriffen; ich hatte keine Wahl. Natürlich hätte ich die Wahl gehabt zu sterben, aber … das wollte ich nicht«, fügte er zerknirscht hinzu. Theoretisch war es seine heilige Pflicht, notfalls für den Himmel zu sterben. Aber das hatte er einfach nicht gekonnt. Er hatte nicht aufgeben wollen. Zumal er diese Informationen weitergeben musste.

»Eine Nephilim?«, platzte Michael heraus. »Tyne. Bist du dir sicher, dass sie keine menschliche Aura besaß?« Ihm war klar, dass Tyne es nicht hundertprozentig bestätigen konnte. Doch was hätte er sonst sagen sollen? »Vielleicht war es eine Täuschung. Man könnte dich mit Absicht auf eine falsche Fährte bringen wollen, um dich aus dem Weg zu räumen. Du weißt, es gibt genug Engel am Hof, die dazu in der Lage wären und nichts lieber als das täten«, versuchte er, seinen Sohn zur Vernunft zu bringen. Allerdings konnte er auch nicht leugnen, dass ihm diese eigenartige Signatur ebenfalls aufgefallen war. »Aber da ist noch mehr, oder? Du hast noch etwas gesehen.« Mit erhobener Braue sah er Tyne forschend an. »Was hast du noch gesehen, Tyne?«

Was er gesehen hatte? Tyne sah seinen Vater düster an. Ihm behagte nicht, was er gesehen hatte. Überhaupt nicht.

»Camael. Er hat sie. Und was mich da angegriffen hat … Es muss sich um Dämonen gehandelt haben. Allerdings waren sie immun gegen Engelblut. Ihre Lederflügel waren aber definitiv dämonisch. Ich weiß nicht was …«, Tyne stockte, suchte nach dem richtigen Wort. »Diese – der weibliche Dämon. Er ist in Glut und Asche vergangen. Ihr Partner hat fast … getrauert. Es passt einfach alles nicht. Nicht zum normalen Verhalten von Dämonen!«

Michaels Augen verengten sich zu schmalen Schlitzen. »Camael!«, fluchte er leise. Er wusste, wenn dieser Tunichtgut im Spiel war, bedeutete das immer Ärger. Wenn stimmte, was Tyne sagte, dass Camael eine Nephilim in seiner Gewalt hatte, die gerade erst dabei war zu erwachen … Allein das war schon schlimm genug. »Wenn er tatsächlich eine Nephilim mit dieser Abstammung hat …« Er schüttelte den Kopf. »Dann gnade uns Gott. Es ist nur eine Legende. Aber Camael jagt für gewöhnlich keinen Legenden hinterher.« Nein, Camael kümmerte sich ausschließlich um Dinge, die ihm auch etwas einbrachten. Mit allem Anderen gab er sich gar nicht erst ab. Allein das machte Tynes Worte glaubwürdig. »Wir müssen sie unbedingt finden!«, erklärte Michael seinem Sohn, als ihn ein Scheppern von der anderen Straßenseite aus dem Konzept brachte. Michael wandte den Blick ab und starrte in die verängstigten Augen einer kleinen Menschenfrau.

Zitternd vor Angst hockte Mina hinter ein paar Mülltonnen in einer kleinen Häusernische und beobachtete die beiden riesigen Männer mit Flügeln. Der Schock saß immer noch tief. Dennoch spürte sie die zahlreichen Schnitte und Wunden auf ihrer Haut. Sie wusste weder, wo sie sich befand, noch konnte sie sich genau daran erinnern, wie sie hier hergekommen war. Alles woran sie sich erinnerte, waren diese schrecklichen Monster, die nach ihr griffen und versuchten sie zu fangen. Einem von ihnen war es sogar gelungen sie an ihrem Arm zu packen und festzuhalten. »Wo ist deine Freundin?«, wollte es von ihr wissen. Aber Mina schüttelte nur den Kopf. Sie hatte keine Ahnung. Tris war verschwunden. Wie vom Erdboden verschluckt. Doch selbst wenn sie es gewusst hätte, wäre sie nicht so blöd gewesen ihre beste Freundin an diese ... diese Monster zu verraten. Mina hob den Kopf, als sich die beiden Männer und ihre merkwürdigen Vögel über eine Stelle auf dem Asphalt beugten. Das war ihre Chance aus dem Versteck zu huschen und sich davonzumachen. Langsam kroch Mina rückwärts aus der Ecke; übersah den Mülleimer aus Metall, dessen Deckel nur locker auf der vollgestopften Tonne lag. Trat mit dem Fuß dagegen, der Deckel rutschte hinunter und landete mit einem lauten Scheppern auf dem Boden.

»Scheiße!«, zischte sie zwischen zusammen gebissenen Zähnen hindurch.

Tynes Blick verfinsterte sich. Wenigstens schien sein Vater zu verstehen, warum es so dringlich war. Warum er keinesfalls warten konnte, bis irgendwer irgendetwas aufgeräumt hatte. Wenn er verhindern wollte, dass alles zerbrach, dass seine Familie ins Unglück stürzte und er aus dem Himmel verbannt wurde, dann musste er Beweise liefern. Das Scheppern ließ

Tyne aufmerken. Überrascht sah er die verängstigte Frau am Boden liegen. Kein Wunder. Sie hatte ihn heute sicher schon einmal gesehen. Und er sie, wenn auch nur kurz. »Hey … Du bist doch ihre Freundin. Keine Sorge, wir tun dir nichts.« Vorsichtig streckte er die Hand nach ihr aus. Michael trat an seine Seite und betrachtete das arme Ding mitfühlend. Sie hatte dichtes rotes Haar, welches ihr für gewöhnlich in sanften Wellen über den Rücken fiel, jetzt jedoch nach allen Seiten abstand. Smaragdgrüne Augen, die ihn entfernt an Raphaels erinnerten und eine sanfte, gutmütige Ausstrahlung. Wären da nicht die vielen Kratzer und Schürfwunden überall in ihrem Gesicht, an ihren Armen und Beinen. Von der zerrissenen Kleidung mal ganz abgesehen.

»Ein Mensch? *Sie* ist der Schlüssel zu deiner Nephilim«, stellte Michael fest. »Gib acht, Sohn. Sie steht unter Schock und ist verletzt.« Hier war Sanftmut gefragt. Michael war da der Falsche. Als Erzengel des Krieges fiel es ihm schwer, sanftmütig zu sein. Was auch ein Grund dafür war, weshalb er keine der zierlichen, weiblichen Erzengel zu der Seinen gemacht hatte. Die Frau, die ihn liebte, musste stark sein. Physisch stark. Michael war gewiss kein Grobian. Doch er mochte es rau und ungezähmt. Vor allem im Bett. »Mach du das. Ich würde es nur schlimmer machen«, gestand er und zog sich ein Stück zurück. Ob Tynes Frage nach ihrer Freundin die Situation jetzt besser machte, wagte er zu bezweifeln.

Mit großen Augen und starr vor Schreck fixierte Mina die beiden Männer vor sich. »Ich ... Ich ... », stammelte sie. Schon wieder wollte einer von denen wissen, wo ihre Freundin war. »Ich weiß es nicht, verdammt nochmal! Lasst mich endlich in Ruhe! Ich ... selbst wenn ich es wüsste, würde ich es euch nicht verraten«, platze sie heraus und versuchte langsam rückwärts über den Boden von den beiden wegzurobben. Sie ahnte bereits, dass sie gegen diese Männer chancenlos war. Ihr Körper schmerzte von den zahlreichen Wunden und ihre Kräfte waren aufgebraucht. Die Verzweiflung hingegen schien im selben Maße zuzunehmen, wie ihr der Mut schwand. Über den Boden zu robben, um davonzukommen, da machte sie sich keine Illusion mehr, war ein reiner Verzweiflungsakt.

Ach nein. Michaels Aussage war ebenso treffend wie offensichtlich – aber auch Tyne hatte keine große Erfahrung damit sanft zu sein. Selbst Camael war in dieser Hinsicht erfahrener – wenn er es auch nur vorspielte. Allein die Reaktion der jungen Frau sprach

Bände und Tyne seufzte. Er war wohl nicht der Erste, der nach ihrer Freundin fragte. »Warte. Ich will dir wirklich nichts tun!« Einen kurzen Moment lang konzentrierte er sich. Dann stand er in normaler Alltagskleidung, einer dunklen Jeans und schwarzem Shirt vor ihr. Ganz ohne Flügel. Hätte sie ihn eben nicht als Engel gesehen, sie hätte es vermutlich nicht einmal bemerkt. »Bitte. Mein Name ist Tyne. Ich brauche wirklich deine Hilfe!«, bat er sie noch einmal.

Blinzelnd starrte Mina auf den Mann, der plötzlich vor ihr stand. In normaler Alltagskleidung. »M – Moment mal … «, stammelte sie. »Denken Sie, ich bin blöd und hätte nicht gesehen, was Sie da gerade gemacht haben?«, stellte sie leicht beleidigt fest und sah zu Tyne auf. »Warum sollte ich ausgerechnet Ihnen glauben?«, konterte sie mutig. Mina hatte nichts mehr zu verlieren, außer ihrem Leben. Aber ausgerechnet danach schien man ihr seit heute Morgen mit Begeisterung zu trachten. »Sie sind nicht der Erste, der nach Tris fragt.« Erschrocken schlug sie sich eine Hand vor den Mund. Dummerweise hatte sie den Namen ihrer Freundin ausgeplaudert. »Also. Warum sollte ich Ihnen trauen? Und was wollt ihr auf einmal alle von ihr?«, hakte sie schließlich nach.

So ein Narr war auch Tyne nicht. Sie hatte kaum Grund ihm zu glauben, aber was sollte er noch tun? Er hatte keine wirkliche Wahl. Alle Informationen lagen bei ihr – und Hilfe brauchte sie so oder so. Den Namen ihrer Freundin hatte er damit wenigstens schon mal, wenn auch nur den Vornamen. »Hör zu. Ich möchte Tris auch nur helfen. Jemand hat sie entführt. Vermutlich verbringt sie ihre kostbare Zeit an einem anderen Ort als auf der Erde – genauer gesagt im unterirdischen Reich.« Wie jedem Engel widerstrebte es auch Tyne, das Wort *Hölle* in den Mund zu nehmen. Ganz zu schweigen von *Lucifer*, *Teufel* oder *Satan*. Jedem dieser Namen wurde nachgesagt, dass man den entsprechenden Träger damit auf den Plan rief.

»Wir sollten von hier verschwinden. Ich habe kein gutes Gefühl«, warf Michael ein. Etwas stimmte nicht, es lag deutlich in der Luft. Sicher suchte die andere Seite ebenfalls nach dem Mädchen, um mit ihrer Hilfe an Tris heranzukommen. »Nimm sie mit und lass uns in die Zuflucht zurückkehren. Die Informationen, die sie hat, sind zu wichtig und könnten dir das Leben retten. Dich vor der Verbannung bewahren. Wenn du Glück hast, suspendiert man dich nur vorübergehend.«

Nein, sie hatte definitiv keinen Grund, ihm zu glauben. Mina traute ihm kein bisschen. Dem Anderen traute sie allerdings noch viel weniger. Aber hatte sie eine Wahl? Eigentlich nicht. Zögernd ergriff sie Tynes Hand und ließ sich von ihm auf die Beine ziehen. Die Berührung kribbelte eigenartig. »Nur damit das klar ist – ich traue Ihnen immer noch nicht«, erklärte sie skeptisch. Plötzlich hatte Mina Schwierigkeiten alleine zu stehen, weshalb sie den beiden Engeln ein wenig wankend gegenüber stand. Woher kam dieser Schwindel? Nur mit Mühe konnte sie den Impuls unterdrücken, sich zusätzlich mit ihrer anderen Hand an Tyne festzuhalten. Auf keinen Fall wollte sie vor den beiden ihre Schwäche zeigen. »Was ist hier eigentlich los? Warum kommt ihr erst jetzt von euren hohen Rössern auf die Erde?«, knurrte sie mürrisch, als ihr Blick zu Tyne hinüber glitt. »Pack deine Flügel ruhig wieder aus. Ich weiß, was du bist.« Überrascht biss sich Mina auf die Zunge und zog erschrocken ihre Hand zurück. Was war das und was redete sie da? Sie wusste, was die beiden waren? Aber woher? Irritiert starrte sie auf ihre Hand und taumelte ein paar Schritte zurück. Die Stelle an der sie den Engel berührt hatte, kribbelte immer noch merkwürdig.

Kein gutes Gefühl war stark untertrieben. Aber bei

dem Gedanken in die Zuflucht zurückzukehren, sträubten sich Tyne sämtliche Nackenhaare. Dort waren sie schon einmal angegriffen worden. Dennoch war es in der Zuflucht sicherer als hier.

Beunruhigt nahm auch er das Kribbeln in seinen Fingern wahr, als sie ihn berührte. Was war jetzt schon wieder los? Wachsam sah er sich ihre Aura noch einmal genauer an. Hatte er vielleicht etwas übersehen? Und woher wusste sie so genau was sie waren? Abgesehen vom Offensichtlichen vielleicht?

Auch Michael war nicht entgangen, dass die Kleine sich merkwürdig verhielt. Auf kurze Distanz konnte er nicht genau sagen was es war, aber das kurze Flackern in ihrer Aura war auch ihm aufgefallen. »Was ... », begann er, ahnte aber bereits, dass sie ihm ebenso wenig sagen konnte, was sie war, wie er.

»Wie ist dein Name, Mädchen?«, wollte er wissen; trat dabei einen Schritt auf sie zu.

»Was? Oh!« Mina starrte von ihrer Hand zu Michael und dann zu Tyne. »Haben Sie das auch gespürt?«, fragte sie irritiert und auch verängstigt. Irgendetwas ging hier doch nicht mit rechten Dingen. *Warum ...* Vorsichtig trat sie einen Schritt auf Tyne zu. Packte seine Hand und hielt sie fest. Kaum hatte Mina ihn berührt, zuckte sie erschrocken zusammen.

Japste nach Luft und presste beide Hände seitlich an ihren Kopf. Die Wucht der Bilder und Gefühle, die in diesem kurzen Moment auf sie eingestürzt waren, raubte ihr fast den Verstand. Mina sackte in die Knie, doch Michael war schneller und fing sie auf. Vorsichtig stützte er die junge Frau. Achtete allerdings darauf, nicht ihre Haut zu berühren. Sie mussten von hier fort. Rasch hob Michael Mina auf seine Arme und schwang sich mit ihr in die Luft.

Nicht nur sie spürte es. Auch für Tyne war es eine einzigartige Empfindung. Kein Sterblicher hatte ihn zuvor berührt und so viel gesehen. Jedenfalls fühlte es sich so an, als ob sie Dinge seines Wesens, seine Geheimnisse, aus ihm herausziehen und für sich offenlegen würde – und das war alles andere als angenehm. Entsprechend war er froh, als Mina wegsackte und Michael sie auf seine Arme hob. Er verstand nicht, was sein Vater mit ihr wollte. Dennoch folgte er ihm, als er sich mit ihr in die Lüfte schwang und in einem Regen aus kupfernem Engelsstaub verschwand.

Die Zwischenwelt war ein zerstörter Ort. Was noch stand, waren die Ruinen des alten königlichen Palastes und ein paar Wohnungen. Genau genommen eigentlich nur eine einzige – die von Tynes Tante, der

Schwester Gabriels und Michaels, Bele. Das Bett im Schlafzimmer war heil geblieben. Auch die gesamte Wohnzimmereinrichtung war komplett erhalten geblieben. Lediglich die Tür fehlte und im Esszimmer hatte man ein paar Möbel umgestoßen. Selbst das Babyzimmer seiner Herrin Sariel gab es noch. Michael landete sanft auf einem kleinen Stück unzerstörtem Weg, Mina immer noch fest im Arm haltend. Erst nachdem er die nähere Umgebung auf Gefahren überprüft hatte, setzte er das Mädchen behutsam auf dem Boden ab und stützte sie vorsichtig. Das sichere Stück Weg war ein kleiner Vorplatz vor dem Palastgelände. Bis hierher hatten es nur kleine Ausläufer dämonischer Krieger geschafft und die, die tatsächlich bis in die Zwischenwelt gekommen waren, hatten andere Ziele gehabt.

So aus der Nähe betrachtet, sah sie wirklich arg mitgenommen aus. »Hast du starke Schmerzen, Kind?«, erkundigte er sich in einem für ihn typischen Tonfall. »Ich bin zwar kein Heiler, aber vielleicht gibt es hier irgendwo noch etwas, womit wir deine Wunden versorgen können.« Fragend sah er zu Tyne und dann wieder zu Mina. »Währenddessen erzähl uns alles was du weißt. Was ist passiert?«

Obwohl sie den beiden Männern immer noch nicht so recht trauen wollte, entspannte Mina sich seit Stunden zum ersten Mal ein wenig. Erst jetzt merkte sie, wie müde sie tatsächlich war, wie erschöpft und fertig mit den Nerven. »Ich … weiß nicht, wo ich anfangen soll!«, stammelte sie. Und überlegte, womit der Ärger überhaupt erst begonnen hatte. Dann weiteten sich ihre Augen, als ihr wieder einfiel, dass Tris und sie sich im Zug und auf dem Weg nach Hause befunden hatten. »Ich glaube, es fing mit den Typen an, die mich im Zug belästigt haben. Tris wollte, dass sie mich in Ruhe lassen. Aber sie haben immer weiter gemacht. Plötzlich ist Tris aufgestanden und … ähm … wurde wütend?« Unsicher hob sie ihre Schultern. »Ich kann es nicht genau erklären. Sie wurde so fürchterlich wütend, so habe ich sie noch nie zuvor erlebt. Auf einmal flackerte das Licht und die Fensterscheiben platzten regelrecht aus ihren Rahmen. Ich erinnere mich nicht genau, aber ich glaube, die Typen sind abgehauen. Mich hat es quer durch das Abteil geschleudert …« Mina verstummte. Die Erinnerung verblasste bereits wieder. Merkwürdig. Sonst konnte sie sich doch immer ewig an alles erinnern.

Tyne sah Mina wachsam an, dann zu Michael und seufzte.

»Tante Bele hat sicher noch etwas hier gelassen, womit wir ihre Wunden versorgen können.« Behutsam legte er eine Hand auf Minas Rücken und schob sie langsam in Richtung Wohnung. »Komm.« Ihm gefiel nicht, was sie erzählte. Auch wenn es leider das war, was er vermutet hatte. Ein Auslöser ihrer Kräfte, ein Wutausbruch … Kein Wunder, dass es Camael auf den Plan gerufen hatte. Er sandte Wut und Hass aus. Womöglich war das sogar sein Werk gewesen, um Tris zu triggern. »Geh du mit ihr. Ich bleibe hier draußen in der Nähe und beobachte die Umgebung. Sicher ist sicher«, erklärte Michael und schwang sich auch schon in die Lüfte. Von oben würde er eine bessere Übersicht haben. Und im Notfall könnte er die beiden rechtzeitig warnen.

»Wohin gehen wir jetzt?«, wollte Mina wissen und zögerte im ersten Moment, als sie Tynes Hand auf ihrem Rücken spürte. Mina strauchelte und wäre beinah hingefallen, konnte sich aber in letzter Sekunde an Tynes Arm festhalten. »Ich habe keine Flügel«, murrte sie und stolperte weiter hinter Tyne her. »Warum wollen eigentlich auf einmal alle was von Tris? Sonst konnte sie nie einer leiden«, hakte sie nach. Irgendwelche Infos musste er ihr schon als Ausgleich dafür geben, dass sie ihm alles über Tris verraten sollte. »Übrigens kenne ich deinen Namen. Sei also etwas netter zu mir, nicht so mürrisch. Da bekommt man ja Angst«, platzte sie heraus. Etwas leiser nuschelte sie: »Würde mich nicht wundern, wenn der noch nie eine Frau im Bett hatte, so wie der guckt … brrr.«

Manchmal hielt Tyne Michael für den großartigsten Vater, den man haben konnte. Und dann wieder … nicht. So wie jetzt zum Beispiel. Brummelnd sah er seinem Vater nach und freute sich schon jetzt unsagbar auf die nächsten Stunden mit dieser eigenartigen Menschenfrau, die ihr Mundwerk nicht unter Kontrolle halten konnte. »Zu einer Wohnung. Und momentan wollen wir alle etwas von Tris. Sie ist nicht das, was sie gedacht hat. Sie ist nicht einmal im Ansatz menschlich und das ist selbst uns noch nicht untergekommen.« Natürlich war er mürrisch. Was sollte er auch sonst sein? Er fühlte sich allein gelassen und überaus undankbar behandelt – obwohl er der Einzige war, der hier die Dinge wirklich in die Hand nahm. Minas Genuschel trug auch nicht unbedingt dazu bei, dass er bessere Laune bekam. Eher im Gegenteil. Denn er hatte sie durchaus sehr gut verstanden. Zu seinem Leidwesen hatte sie nämlich auch noch recht.

»Ich bin ein Engel. Vergiss das bei deinem Genuschel nicht.«

Ehe Mina es zurückhalten konnte, war ihr das Lachen auch schon über die Lippen gepurzelt. Neugierig sah sie ihn an und ein freches Grinsen breitete sich auf ihren Lippen aus. Dann glitt ihr prüfender Blick über seinen Körper, bis hinab zu seinen Lenden, wo er verharrte. »Oder ist er *zu* klein, der kleine Tyne ...«, kicherte sie. »Kommt nicht zum Einsatz, hmm? Vielleicht ist er auch zu kurz?«, spekulierte sie. Rief sich dann jedoch rasch zur Ordnung. Was war nur los mit ihr? Kopfschüttelnd ging sie weiter und versuchte sich auf den Weg vor ihr zu konzentrieren.

»Also, wie geht es denn jetzt weiter? Was kommt als Nächstes?«

Tyne knurrte. Sie packte ihn bei seiner Ehre. Nicht bei seiner Ehre als Engel, sondern als Mann. Das war zumeist auch unter sterblichen Männern keine allzu gute Idee. Mühsam beherrscht sah er sie an.

»Glaub mir, mit meinem ... besten Stück ist absolut alles in Ordnung! Als Erstes werde ich dich verarzten, auch wenn du freches Stück es eigentlich nicht verdienst ...«

Langsam begann sie ihre neue Fähigkeit zu mögen. Auch, dass sie mit einem Engel unterwegs war, hatte doch eigentlich etwas Cooles. Wer konnte das schon von sich behaupten? »Okay. Verarzten. Das klingt …« – irgendwie zweideutig – »… gut!« Sie zuckte mit der Schulter. »Ich dachte, ihr habt da so 'nen Hokuspokus drauf?«, erkundigte sie sich. Hey, sie wusste zwar seit Neuestem viel, aber lang noch nicht alles. »Und warum sagen immer alle zu mir, dass ich irgendetwas nicht verdient hätte?«, knurrte sie gespielt beleidigt. »Ich wollte dich eben nur ein wenig ärgern«, gestand sie und lächelte Tyne spitzbübisch mit ihren leuchtend grünen Augen an. »Und wegen dem da«, Mina deutete auf Tynes Schritt, »Ich könnte ihn für dich und deine zukünftigen Partnerinnen überprüfen. Bin dann auch gerne bereit, die Tauglichkeit des kleinen Tyne vor jeder holden Weiblichkeit zu bestätigen.« Erneut lächelte sie Tyne an. Diesmal jedoch mit weit weniger Schalk in den Augen, dafür aber mit leicht geröteten Wangen. Er sah ja nicht schlecht aus. Im Gegenteil, schmunzelte Mina in sich hinein und wollte gerade näher kommen, als Michael über ihnen auftauchte. »Ich habe etwas gespürt. Diese Energie … Etwas ist passiert und es ist noch nicht lange her.«

***

War es falsch, dass er sie nicht gehen lassen wollte? Er wollte sie weiter küssen und nicht zum Haus ihrer Tante reisen. Eine großartige Wahl hatte er allerdings nicht, auch wenn sich bemerkenswert viel in ihm dagegen sträubte.

Zögernd legte Camael einen Flügel um Tris. Die Reise zum Haus ihrer Tante würde kaum zehn Sekunden in Anspruch nehmen. Zumindest in ihrer Welt. Er wollte ihr auch nicht vom grausamen Tod Danjals erzählen. Das würde nur die Stimmung zerstören. Noch während sie unterwegs in die Menschenwelt waren, versuchte er, sie umzustimmen. »Willst du das wirklich wissen?«

Tris sah ihn merkwürdig an. »Also wenn du so fragst ...« Sie machte eine kurze Pause, in der es so aussah, als würde sie ernsthaft darüber nachdenken, ihre Meinung zu ändern. Dann sah sie wieder Camael an. »JA! Ich will es wissen! Hätte ich sonst gefragt, Engel?« Ihre Worte klangen giftig. Doch das gefiel ihm. Sie erreichten das alte Haus, in dem ihre Tante lebte und Camael setzte sie behutsam wieder ab. »Ich bin gespannt, was meine Tante zu alldem sagt«, verkündete sie, bevor sie zielstrebig das Haus über den Hintereingang betrat. Diese Nephilim war ein wandelndes Pulverfass. Von der einen Sekunde auf die andere wechselte ihre Stimmung und Camael wurde sich einmal mehr bewusst, dass er besser dran war, wenn er professionell blieb. Er durfte sich nicht mitreißen lassen. Trotzdem wollte er Danjals Tod immer noch nicht beschreiben. Eine Wahl hatte er jedoch nicht.

»Danjal … Man hat ihm alle seine Flügel genommen, einen nach dem anderen. Alle sechs. Dann haben sie ihn an den Wunden verbluten lassen.« Es war ein grausames Schauspiel gewesen. Selbst er hatte es noch bildlich vor Augen, und wenn es ihm eines gezeigt hatte, dann dass der Himmel keineswegs das Paradies war, welches die Engel einen glauben lassen wollten. Natürlich ging es in der Hölle ähnlich zu. Aber sie verschleierten es wenigstens nicht.

»Du warst dabei?«, fragte sie und beobachtete Camael sehr genau. Ein Geräusch aus der oberen Etage lenkte ihre Aufmerksamkeit jedoch von Camael weg. »Beatrice? Liebes, bist du das?«, ertönte eine weibliche Stimme. »Hast du das von dem Zugunglück in der Stadt gehört? Ich hatte schon Sorge, dass dir etwas …« Wie vom Donner gerührt blieb Tante Elisarah in der Küchentür stehen und starrte den Mann hinter Tris an. »Camael«, begrüßte sie den Engel schließlich und wischte sich ihre feuchten Hände an der Schürze ab. »Welch seltener Gast! Und welche Überraschung, dich ausgerechnet *heute* hier mit Tris … Oh mein Gott!« Plötzlich schlug sie die Hände vors Gesicht. »*Du* … warst in dem verunglückten Zug!«

Camael nickte. In der Menschenwelt angekommen, legte er seine eigentliche Gestalt ab und wechselte in die eines Menschen. Mit etwas längerem, rabenschwarzem Haar und fast schwarzen Augen. Zügigen Schrittes folgte er Tris und schmunzelte, als er die Worte ihrer Tante hörte. Die gute alte Elisarah. Offensichtlich erkannte sie ihn ebenso. »Hallo Elisarah. Naja – fast richtig. Ich *war* Tris' Schutzengel. Aber das kann ich dir später erklären.«

Misstrauisch sah sie zu ihm rüber und hob eine Braue. »Wird aber auch Zeit, dass ihr euch mal um das Kind kümmert. Hast du mit Jophiel gesprochen? Hat sich die Königin endlich dazu entschlossen, Tris doch als eine von euch anzuerkennen? Oder meint sie immer noch, meine Nichte sei eine Gefahr für *sie* oder *ihren* Thron?« Überrascht hob Tris ihren Blick. So schnippisch kannte sie ihre Tante noch gar nicht. Doch dann sickerte die Bedeutung des Gesagten in ihren Verstand und beschwor ihren Zorn herauf. Allem Anschein nach war Tris ihr gesamtes Leben lang von Elisarah über ihre wahre Herkunft belogen worden. Tris hob ihren Blick. Schwarze Augen fixierten die von Elisarah gefährlich. »Du … Ihr kennt euch also?«, stellte sie mit kühler Stimme fest. »Wie schön, dann muss ich euch ja nicht mehr miteinander *bekannt* machen«, knurrte sie; ging um den freistehenden Herd in der Mitte der Küche herum auf ihre Tante zu. Tris spürte das Kribbeln erwachender Energie in ihrem Körper und genoss sichtlich das neue Gefühl von Macht. Gesicht an Gesicht blieb sie vor ihr stehen und lächelte sie an. Beinah zärtlich legte sie ihre Hand an Elisarahs Wange und streichelte mit den Fingerrücken darüber. »Du hast mir sicher viel zu erzählen, Tante.«

Camael lächelte schief. Mehr als schief. Tris nahm ihm beinah die ganze Arbeit ab.

»Die Königin hat mich aus dem Himmel verbannt. Sie weiß nicht einmal, dass Tris noch lebt. Oder sagen wir, sie wusste es nicht. Mittlerweile leider wohl doch.« Eine von ihnen würde Tris eher nicht werden – dazu steckte – zumindest für Camaels Zwecke – zuviel Dämon in ihr. Sie konnte kein Engel werden, fand er. Aber dafür ein prächtiger Dämon. Diese Anlagen stellte sie bereits eindrucksvoll zur Schau.

»Redet nicht so über *mich*, wenn ich neben euch stehe!« Erste kleine Funken schwarzer Energie stoben von ihrem Körper weg durch ihre Aura. Tris' Enttäuschung über das jahrelange Lügenspiel verletzte sie auf eine Weise, wie sie es nie für möglich gehalten hätte. Ihr normaler Verstand hatte längst der Wucht an Emotionen Platz gemacht, die sich bereits in ihr aufstauten. Ihre Hand schnellte vor, umschloss den Hals ihrer Tante und drückte gerade so fest zu, dass Elisarah sich nicht mehr rühren konnte. Dann hob Tris ihre andere Hand, legte sie an Elisarahs Schläfe und zog alles, was sie wissen musste, einfach aus ihren Erinnerungen heraus. Die Energie um sie herum verdichtete sich, legte sich um Tris und den Körper ihrer Tante. Elisarah stöhnte gequält unter den Schmerzen der Prozedur auf. Ihr Blick glitt zu Camael; Tränen schimmerten in ihren Augen, als sie erkannte, dass sie von ihm keine Hilfe zu erwarten hatte. Erst als Tris alle für sie wichtigen Informationen gewaltsam aus dem Geist ihrer Tante geraubt hatte, zog sich die dunkle Energie in Tris' Körper zurück. Der Griff ihrer Hand um Elisarahs Hals löste sich und der leblose Körper ihrer Tante sackte zu Boden. »Und dir habe ich all die Jahre vertraut. Meine Ängste, Wünsche und Träume anvertraut!« Elisarahs Essenz löste sich von ihrem Körper und strebte hoch gen Himmel. Doch Tris kam dem zuvor. Andächtig, beinah ehrfürchtig, umhüllte sie die Essenz mit ihren Händen und führte sie an ihr eigenes Herz. Wie in Trance drückte sie die kleine leuchtende Kugel gegen ihre Brust und nahm die Essenz ihrer Tante in sich auf. Verschluckte sie, bevor sie zum Himmel aufsteigen und dort für Furore sorgen konnte.

Er hatte es kommen sehen. Zu Tris' Ehrenrettung musste man sagen, dass auch Camael an ihrer Stelle nicht sonderlich gut auf all diese Enthüllungen reagiert hätte. Allerdings wusste sie damit vermutlich auch eine weitere entscheidende Sache – nämlich dass er selbst es gewesen war, der den Säugling Tris zu Elisarah gebracht hatte. Zu ihrer Tante, die für sie den Himmel aufgegeben hatte, damit Tris' Leben verschont blieb. Damals hatte er ein unschuldiges Leben retten, der Falschheit des Himmels entfliehen wollen. Jetzt scherte ihn das alles nicht mehr. Was jetzt noch zählte, war sein Zorn. Sein Wunsch nach Rache, nach Gerechtigkeit für das, was geschehen war. Camael hatte nie vergessen, wie Danjal ihn angesehen hatte, während er ausblutete. Zerschlagen am Boden liegend, die Hand- und Fußgelenke an Adamant gekettet. Danjal war sein bester Freund gewesen. Und man hatte ihn gequält wie einen Feind. Weil er es wagte zu lieben. Wenn Danjal gewusst hätte, was sein bester Freund mit seiner Schwester geschehen ließ, hätte er sicher einiges zu sagen gehabt – aber das hatte er nicht. Und für Camael gerieten die alten Werte, seine Gründe warum er dem Himmel damals den Rücken gekehrt hatte, immer mehr in den Hintergrund. Er labte sich an Tris' Anblick, als sie die Essenz ihrer Tante aus purem Instinkt heraus in sich aufnahm. Und konnte keineswegs leugnen, dass es ihn verdammt heiß machte, während sie ihre Überlegenheit spielen ließ.

»Und jetzt zu dir – Schutzengel, Camael, Gefallener oder was auch immer.« Langsam schritt sie auf ihn zu, ihre Augen immer noch so schwarz wie Onyxe. Andächtig ließ sie ihre Hand in seinen Nacken gleiten. »Ich habe mich noch gar nicht bei dir bedankt«, stellte sie mit süffisantem Lächeln fest. Zog ihn in einen innigen Kuss und eroberte hungrig seinen Mund. Drang mit der Zunge in ihn ein, öffnete ihre Seele und teilte Elisarahs Essenz mit ihm.

Sie machte ihre Sache gut. Mehr als gut. Und als sie die Hände in seinen Nacken legte, spürte er ein angenehmes Kribbeln. Das noch sehr viel angenehmer, sehr viel heftiger wurde, als sie ihre Lippen auf seine legte. Es war nicht nur dieser Kuss. Nicht nur der Hunger, der darin lag. Es war weit mehr als das. Indem sie Elisarahs Seele mit ihm teilte, ihre Essenz, sorgte sie dafür, dass ihn die – wenn auch geschwächte – Energie einer Seraphim durchströmte. Es fühlte sich an, als ob jede seiner Zellen mit purer Magie gefüllt wurde. Selbst wenn er es nicht gewollt hätte – eine glatte Lüge – so hätte er sich spätestens jetzt verlangend an sie geschmiegt. Ihr mehr als deutlich machend, was er von ihr wollte.

***

 Sie war furchtbar. Aber alles was er hatte, um Tris zu finden, auch wenn sie ihm schrecklich auf die Nerven ging. Zähneknirschend führte Tyne Mina weiter in die Wohnung bis in die kleine Erste-Hilfe-Station. Ihn nur ärgern wollen, soso. Das war ihr gelungen. Und es gelang ihr noch, denn ihr Angebot klang zu ernst gemeint, um ein Scherz zu sein. Einen Moment lang zögerte er. Abwägend, ob er sie einfach schocken und ihr Angebot annehmen sollte. Bevor er sich entscheiden konnte, tauchte allerdings Michael auf – und Tyne brummte erneut unwillig. Schlechtes Timing. »Geht das ein klein wenig präziser?«

Es war immer wieder eindrucksvoll zu sehen, wie diese Engel flogen. Elegant und kraftvoll zugleich. Staunend nahm sie jedes noch so kleine Detail in sich auf. Dann war Michael vor ihr und sah erwartungsvoll auf sie hinab. »Wie ... was heißt hier, ich habe sie gespürt?«, fragte Mina und ihr Blick wechselte von einem zum anderen Engel. »Ihr habt Tris gespürt? Wo ist sie? Wie geht es ihr?« Ihre Verletzungen waren so gut wie vergessen.

»Wir müssen sofort aufbrechen, bevor die Signatur sich wieder verflüchtigt«, mahnte Michael seinen Sohn. »Seid ihr beide fertig?«, erkundigte er sich und musterte die kleine Mina skeptisch. Auf ihren Wangen lag ein rötlicher Schimmer. Tyne hingegen wirkte noch zerknirschter als zu dem Zeitpunkt, als Michael die beiden zurückgelassen hatte. »Ich passe auf unseren Rotschopf hier auf. Du verfolgst die Signatur, du kennst sie am besten von uns beiden.«

Fertig waren sie nicht einmal im Ansatz, aber was für eine Wahl hatte er jetzt schon? Er hatte es genauso gespürt, wenn auch weniger stark als sein Vater, da dieser der Erzengel war. Aber ja, auch er hatte sie gespürt.

»Fass sie nicht an. Du weißt, was passiert, wenn du das tust«, meinte er nur noch säuerlich, bevor er sich in die Lüfte schwang und verschwand. Seine Mutter war ein Rotschopf, genau wie Mina. Er wusste schon, warum er das sagte … Und so wie Mina sich ihm gegenüber verhalten hatte, würde es ihn nicht wundern, wenn sie Michael genauso anbaggerte.

Mina fluchte. »Na wunderbar. Bestens! Macht ihr das immer so, dass ihr die Frauen von einem Mann zum nächsten schiebt?«, erkundigte Mina sich beiläufig, während sie im Schutz von Michaels Armen erneut den Ort wechselte. Dieser war alles andere als begeistert vom lockeren Mundwerk der kleinen Rothaarigen. »Wir sorgen nur dafür, dass du möglichst sicher bist«, gab Michael zurück. »Ja, ich merke schon. Sicher, nur nicht vor euch beiden!« Knurrend versuchte Michael, Minas Kommentare zu ignorieren. Was ihm zunehmend schwerer fiel. »Ahh, jetzt sind wir auch noch sprachlos – Was für ein Mann!« Das reichte. Im Sturzflug ließ er sich mit ihr Richtung Erde fallen und landete in einer dunklen Seitengasse. Michael packte die junge Frau an den Armen und drückte sie gegen die nächstbeste Häuserwand. »Du spielst verdammt gefährlich, Frau. Und dumm bist du noch dazu. Du hast keine Ahnung, wen du vor dir hast. Glaube mir, du tätest gut daran, es schnellstmöglich herauszufinden. Ich garantiere sonst für nichts!« Sein Gesicht war so nah an ihrem, dass sie seinen Atem warm auf ihrem Gesicht spüren konnte. Was Michael im Eifer des Gefechts nicht mehr bedacht hatte, war dass Mina über den bloßen Hautkontakt in den Erinnerungen und Gedanken ihres Gegenübers lesen konnte. Der Kontakt mit Tyne war schon schmerzhaft und kräftezehrend gewesen. Und Tyne war *nur* ein Engel. Michael hingegen war ein Erzengel und dazu nicht irgend einer. Minas Augen weiteten sich, bevor sie einen kläglichen Schmerzenslaut von sich gab und bewusstlos zusammensackte. Die Wucht der Erkenntnis, wer und was er war, überforderte sie in diesem Moment völlig. Selig umfing sie die Dunkelheit. Michael hingegen hob die rothaarige kleine Hexe auf seine Arme und folgte seinem Sohn. Er hatte immer noch kein gutes Gefühl bei der Sache und wollte ihn nicht alleine lassen.

Zu Michaels Glück – mehr oder weniger – bemerkte Tyne erst einmal nicht, was sein Vater da angerichtet hatte. Womöglich war das auch besser so. Jetzt konnte Mina wenigstens nicht mehr ständig dazwischenquasseln. Wenn Tris ihre Freundin allerdings so sah, konnte er sich gut vorstellen, dass sie keine Sekunde lang zögern würde ihn dafür bezahlen zu lassen. Auch, wenn man sich mit dem Erzengel des Krieges besser nicht anlegte. Tyne selbst hatte erst einmal andere Sorgen. Und die bestanden vor allen Dingen in der Aura einer Nephilim und eines gefallenen Engels. Aufgepeitscht von dunklem Verlangen und … Sex. Der Hass, der in ihr brodelte, diese Rachsucht, erschreckte ihn. Wie weit hatte Camael sein Spiel bereits mit ihr getrieben? Wie sehr hatte er ihre Seele verdorben? Tyne konzentrierte sich auf die Aura der Nephilim. Er musste sich beeilen. Mehr als beeilen.

Ohne über seine Chancen nachzudenken, stürmte er ins Haus und die Treppe zur Wohnung hinauf.

»TRIS!«

Als Mina zu sich kam, lag sie wie schon zuvor, in den Armen dieses Erzengels und befand sich auf dem Weg zurück in die Welt der Menschen. Plötzlich ging alles ganz schnell. Eben noch blinzelte sie gegen das viel zu helle Licht und die heftigen Erinnerungen an, die in ihrem Schädel nachhallten, als sie auch schon Tyne hörte, der laut den Namen ihrer Freundin rief. Sofort war sie hellwach. »Michael!« Aufgebracht versuchte Mina den Erzengel auf sich aufmerksam zu machen. »Warte! Wir dürfen da nicht hin. Sie ist … ich kann sie spüren!«, stellte Mina erschrocken fest und ein kalter Schauder des Entsetzens rieselte über ihre Haut. »Oh mein Gott. Sie erwacht … aber sie ist so voller Hass und Wut!« Verwirrt nahm Mina zur Kenntnis, dass sie Tris spüren konnte. »Das ist unglaublich! Ich… kann… Ich spüre ihre Wut so deutlich, als wäre es meine!« Mina sah zu Michael auf. »Tyne darf da nicht rein! Ich… ich sollte gehen! Mich kennt sie, mir vertraut sie!« Zumindest hoffte sie das. Immerhin waren sie beste Freundinnen gewesen. Doch dann spürte sie noch eine andere Präsenz. Kalt, glatt und scharfkantig. »Wer … wer ist dieser Andere?«, wollte sie wissen. Ihr Instinkt warnte sie, dass sie ihm lieber niemals begegnen sollte.

Michael war überrascht, wieviel sie inzwischen spürte. Was sie ihm über Tris und Tyne erzählte, und auch dass sie Camaels Präsenz so deutlich spüren konnte. Es änderte jedoch nichts an dem unguten Gefühl, seinen Sohn da rein geschickt zu haben. Sein ernster Blick wechselte vom Eingang des Hauses zu Mina, die gerade dabei war, sich aus seinen Armen zu winden. »Lass mich. Ich muss da rein!« Als er sie nicht frei ließ, biss sie Michael in die Hand. »AUTSCH! Verdammt, Mina!« Überrascht, dass sie ihn einfach gebissen hatte, ließ er Mina aus seinen Armen gleiten. Er versuchte sie zwar noch zurückzuhalten, doch Mina war flink wie ein Wiesel. Schon schlüpfte sie durch die Eingangstür und verschwand im Haus.

**

Sie wusste, was er von ihr wollte. Zumindest, wenn es um das Eine ging, war sie sich sicher. Und in diesem Moment wollte sie nichts anderes. Doch, da gab es noch etwas, was sie wollte. Das sie mit ihm teilen wollte. Ihr Griff in seinem Nacken wurde fester und ihr Kuss fordernder. Zärtlich knabberte sie an seiner Oberlippe, zog daran und leckte mit ihrer Zunge über die gereizte Haut. Plötzlich biss sie zu. Camaels Blut quoll aus der kleinen Bisswunde an seiner Lippe und Tris leckte es genüsslich von seiner Haut. »Lehre mich … », hauchte sie mit erregter Stimme an seinem Ohr und knabberte zärtlich an seinem Ohrläppchen. »… wie ich meine Kräfte nutzen kann.« Ihre Hände glitten über seine Brust, in immer tiefere Regionen, bis sie den Bund seiner Hose fanden. Hastig suchten sich ihre Finger einen Weg unter den Stoff und glitten zielstrebig auf seine Erektion zu. »Ich will den Kopf der Königin!« Sie umfasste Camaels Schwanz mit festem Griff und biss ihm lustvoll in den Hals.

Er hätte mehr als lügen müssen, um zu leugnen, dass ihm gefiel was sie mit ihm anstellte. Auch wenn seine Schauspielkünste filmreif waren, seinen Instinkt konnte auch Camael nicht unterdrücken – und gerade war es nicht er, der die Kontrolle hatte. Tris' forsches Vorgehen zog ihn immer weiter in ihren Bann und erst langsam wurde ihm klar, dass er sich mit ihr doch übernommen haben könnte. Was er allerdings niemals zugeben würde. Sie wollte, dass er sie lehrte, wie sie ihre Kräfte richtig einsetzte. Wie sie sie kanalisieren konnte. Aber erst, nachdem Tris es ihm besorgt hatte. So hart wie er jetzt war, so sehr wie er sie gerade wollte, könnte er sich ohnehin auf nichts anderes konzentrieren. Auch nicht auf herannahende Gefahr. Nicht, wenn sie seinen Schwanz umfasste und ihm Worte ins Ohr flüsterte, die ihn beinahe kommen ließen. Den Kopf der Königin! Das klang zu berauschend, um sich jetzt um andere Dinge kümmern zu können.

Tris' Sinne waren einzig und allein auf Camael gerichtet. Das Blut rauschte ihr in den Ohren, während sie mit ihren Lippen eine heiße Spur über seinen Hals zog und ihre Hand seinen harten Schwanz bearbeitete. Tris stöhnte leise auf, als sie seinen Duft tief in sich aufnahm. »Wir erobern den Himmel. Ich hole mir den Thron und du … «, schnurrte sie mit süßer, verheißungsvoller Stimme, »… wirst mein König sein!« Sie hatte damit gerechnet, dass Camael auf ihre Worte antworten würde, doch statt ihm hörte sie die Stimme eines fremden Mannes, der ihren Namen rief. »TRIS!« Überrascht hielt sie in ihrem Kuss inne und blickte auf. »Was … oder wer, wagt es … «, fluchte sie leise und drehte sich in die Richtung, aus der sie die Stimme gehört hatte.

Es war alles andere als einfach, sich hier noch auf andere Dinge zu konzentrieren, als auf Tris. Und er wollte es auch gar nicht. Für den Moment ließ Camael einfach völlig außer Acht, dass er ein Engel war – ein gefallener Engel, der eine ziemlich starke Signatur und Aura aufwies. Und Tris erst – Tris war ein Leuchtfeuer! Dieses Leuchtfeuer flüsterte ihm gerade die süßesten Verheißungen ins Ohr, ließ ihn ihr Stöhnen genießen, während ihre Finger auf seinem Schwanz tanzten. Bis auch er die Stimme hörte, die da ihren Namen brüllte. Verärgert, keineswegs aber verwirrt, knurrte er dunkel. Mit einem grimmigen Fluch zog er sich von Tris zurück und begab sich wieder in seine Engelsgestalt. Er kannte diese Stimme … zu gut.

»Tyne …!«

Kapitel 3

***

Tyne spürte die Präsenz der beiden deutlich. Ihren Zorn, ihre Wut … Er ahnte bereits, dass er gegen Camael und Tris nichts ausrichten könnte. Zeit um auf Verstärkung zu warten blieb ihm nicht. Abgesehen davon wäre er damit vermutlich nicht einmal besser dran. Als Tyne in der Küche ankam und die beiden sah, musste er an sich halten, um nicht zu schlucken. Camael war ein ebenbürtiger Gegner. Tris hingegen wollte er lediglich davon überzeugen, dass Camael nicht der gute Engel war, für den er sich sicher ausgab. Im Moment jedoch waren ihre Kräfte absolut unberechenbar.

»Hallo Tris … Camael …«

Tris erkannte, dass sie mit Tyne einen der Engel vor sich haben musste, die das Leben ihres Vaters auf dem Gewissen hatten. Für sie gab es nur ein Ziel. Vernichtung! Zornesglut flutete ihre Adern. Tynes strahlend weiße Flügel mit blauen Ausläufern reichten ihr um zu wissen, dass sie einen Feind vor sich hatte. Einen Engel. Einen der Mörder ihres Vaters. Tyne schaffte es gerade noch, ein *Hallo* an Camael loszuwerden, bevor Tris' angestaute Wut als energetische Kugel aus dunklen Blitzen und Licht in ihrer Hand heranwuchs. »Du wagst es? MÖRDER!«, schrie sie und streckte Tyne ihre Handfläche entgegen. Die Kugel löste sich und schoss auf ihn zu. Im selben Moment erreichte Mina den Ort des Geschehens, erkannte Tris' Absichten und warf sich instinktiv vor Tyne. Egal, wie seltsam sie diesen Engel fand – im Grunde seines Herzens war er gut. Mina wusste das. Ihm durfte einfach nichts zustoßen!

All der Schmerz, die Wut, die Lügen und der Verrat des Himmels an ihrem Vater brachen sich in einer einzigen energetischen Entladung Bahn. Selbstzufrieden folgte Tris dem Weg der Energiekugel auf Tyne zu, als eine weitere Person den Raum betrat und die Ereignisse sich überschlugen. Tris erkannte Mina, die sich schützend vor den Engel warf. Die Energie prallte auf den Körper ihrer besten Freundin und ließ Tris selbst vor Schmerz aufschreien, als sie erkannte, was sie getan hatte. »Mina! NEIN!«, rief sie über den Lärm des Tumultes hinweg und fiel auf die Knie.

Die Kugel traf Mina mitten in die Brust und entlud sämtliche dunkle Energie in ihrem Körper. Sie zuckte und schrie auf vor Schmerz, als die Kugel ihre Haut verbrannte und das Blut in ihren Adern zum Kochen brachte. Schließlich sank sie leblos vor Tynes Füßen zu Boden.

Blutige Tränen rannen über Tris' Wangen und tropften auf ihre Hände, die sie voller Entsetzen anstarrte. Erschüttert versuchte sie, sich gegen die Verzweiflung und den Schmerz zu wehren, die von ihr Besitz ergriffen. Doch sie schaffte es nicht. Mina war wie eine Schwester für Tris gewesen. Sie hatte sie geliebt, respektiert und jetzt … In einem selbstzerstörerischen Akt sammelte Tris sämtliche Energie aus der Luft um sich herum. Mit zitternden Händen und vor Schmerz verzerrtem Gesicht nahm sie alle verfügbare Energie aus ihrer Umgebung in sich auf, bis sie sich gnadenlos übernommen hatte. In einer gleißenden Implosion zog sich diese Energie zusammen und als das blendende Licht endlich verblasste, lag Tris reglos auf dem Boden.

Wäre Mina nicht gewesen, hätte Tyne diese Kugel im nächsten Moment getroffen. So konnte er nichts tun, als mit anzusehen, wie sie das andere Mädchen von den Füßen riss und mit einem fürchterlichen Schrei zu Fall brachte. Der Gestank von verbranntem Fleisch war dabei noch das, was ihn am wenigsten verstörte.

Behutsam hob Michael Tris auf seine Arme und legte

sie über seine Schulter. Mit der anderen Hand zog er sein Schwert und richtete es auf Camael.

Während Michael mit Tris beschäftigt war, kniete Tyne neben Mina und versuchte ihr zu helfen. Wenn das überhaupt noch möglich war. Behutsam hob er sie in seine Arme und entdeckte erst dann, dass Michael sein Schwert gezogen hatte und Camael damit bedrohte. Dieser hatte ganze Arbeit geleistet, soviel war sicher. Tris lag bewusstlos in Michaels Armen, während Camael deutlich in Bedrängnis geriet.

Camael konnte nicht verhindern, was Tris tat und selbst wenn, hätte er es nicht gewollt. Den ersten Teil davon jedenfalls nicht. Was er aber ganz sicher nicht gewollt hatte war, dass sie sich derart auflud. Die Energie, die sie dabei in sich aufnahm, war deutlich spürbar. Sie ging weit über Tris selbst hinaus und er hatte instinktiv ein paar Schritte zurück machen müssen, unfähig, ihr zu helfen – bevor er knurrend Michaels Schwert gegenüberstand. »Ihr wollt sie mitnehmen? Den lebenden Beweis dafür, dass ihr *versagt* habt? Eine Dämonin? Und sie ist mehr Dämon als Engel, *das* kann ich euch versichern!«

Als ob dieser Hinweis noch nötig gewesen wäre. Aber was sollte er gegen Michael ausrichten? Ihn direkt anzugreifen, unbewaffnet und noch dazu allein, wäre sein Tod, und das wusste er ganz genau. Egal, wie sehr er Tris haben wollte – im Augenblick konnte er nichts tun.

Tris lag reglos über Michaels Schulter, was auch gut so war. Im Moment konnte er ein zeterndes Weib wirklich nicht gebrauchen! Er hoffte nur, dass die Energie ihr nicht das Gehirn verbrutzelt hatte. »Du weißt doch genauso gut wie ich, dass es hier nicht mehr nur um Dämonen geht«, erklärte Michael dem gefallenen Engel. »Camael, Camael. Was hast du hier nur wieder angerichtet?« Drohend drückte er die Spitze seiner Klinge an Camaels Hals und drängte ihn so immer weiter zurück. So weit, bis sie auf einer Terrasse standen. »Ich werde nicht mehr lange so gnädig sein«, versprach er dem anderen Mann und deutete mit dem Kopf in Richtung Himmel. Er ließ ihn gehen, für dieses Mal. Einfach so.

Sie atmete – noch. Aber es schmerzte höllisch, und je tiefer Mina Luft holte, umso schwerer war der Schmerz zu ertragen. Also versuchte sie nur ganz flach einzuatmen, dafür aber schneller. Das klappte bis zu dem Moment, als Tyne sie auf die Arme hob und die Bewegung ihre verletzte Haut aufs Neue reizte. Mina keuchte schmerzerfüllt auf. Biss die Zähne zusammen und versuchte durch den Schleier aus Tränen Tynes Blick einzufangen. »Jetzt ... lieg' ich ... ja doch noch ... in deinen ... Armen«, versuchte sie zu scherzen, obwohl das Sprechen weitaus schmerzhafter war, als das Atmen. Sie war so müde, so unendlich müde. Und sie fror. Tyne hingegen strahlte wohlige Wärme aus und er roch so gut ... nach frischer, klarer Winterluft mit einem Hauch Kaminfeuer. Nach Sommerregen und nach Wald. Warum roch sie das alles jetzt auf einmal? Dinge, die sie schon immer gemocht hatte. Nein, halt! Die sie mochte. Sie lebte doch noch, oder? »Ich bin müde. Möchte schlafen«, flüsterte sie und wurde immer leiser. Ihre Lider wurden schwer. Langsam glitten Minas Gedanken davon. Tyne strich ihr sanft über die Wange, klopfte dann versuchsweise mit den Fingerrücken dagegen. Sie musste wach bleiben, sie musste einfach! Hoffentlich irrte er sich. Er wollte den sachten Schimmer nicht sehen, der sich in Minas Körpermitte sammelte, er durfte nicht da sein! Doch er war da. Als Michael seinen Arm um Tynes Schulter legte, fuhr sein Kopf zu ihm herum. Knurrend. Aber es klang weniger zornig als verzweifelt. Wenn sie starb, starb sie für ihn. Für einen Engel. *Er* hätte für sie sterben sollen, das war das Schicksal eines Engels. »Nein! Sie stirbt nicht, sie ... Sie darf nicht sterben!« Mit einem Ruck zwang er sich, Mina anzusehen. Sich dem Unvermeidlichen zu stellen. Erst dann schwang er sich mit ihr in die Luft und dem Himmel entgegen.

***

Die Flucht war notwendig, aber das bedeutete nicht, dass er Tyne unbeobachtet lassen würde. Der Engel hatte sich an Tris' Freundin gehängt … ein wenig zu sehr für seinen Geschmack. Doch gerade das könnte Camael in die Hände spielen. Nichts löste in einem Engel größere Schuldgefühle aus, als jemand anderen für sich sterben zu sehen – erst recht einen Menschen. Engel starben für Menschen, nicht andersherum. Vielleicht … vielleicht hatte Mina damit den Anstoß gegeben, dass Tyne von ganz alleine aufhören würde, ein Problem zu sein.

***

An den Himmelsportalen angekommen, wartete bereits eine Gruppe Seraphimenwächter auf Michael und seinen Sohn. Die Seraphim waren alles andere als erbaut darüber, dass Michael einen Menschen mitbrachte. Doch erst Tris' Präsenz machte sie richtig nervös. Nicht einmal für ein Menschenkind, welches im Sterben lag und für einen der Ihren ihr Leben geopfert hatte, waren sie bereit etwas zu riskieren. Er hatte sie ausgebildet, seine Waffenbrüder und Schwestern – und jetzt ließen sie ihn nicht passieren? »Angst vor einer sterbenden Seele? Ihr seid Feiglinge! Sie ist ein Mensch und hat für einen Engel ihr Leben gegeben! Ohne mit der Wimper zu zucken! Wo sind wir denn hingekommen, wenn jetzt schon die Menschen für uns Engel sterben?« Kopfschüttelnd und mit vor Wut funkelnden Augen trat Michael einen Schritt auf die Wächter zu.

Noch während Tyne die Situation aufzuklären versuchte, teilte sich die Gruppe der Seraphim und machte einem hochgewachsenen Engel Platz. Mit weißen Flügeln und violetten Spitzen, pechschwarzem Haar und einer Geißel im Gürtel seiner Rüstung trat er vor und blieb mit prüfendem Blick auf Mina vor Tyne stehen. »Naiv und selbstlos«, bemerkte er sanft, während seine Augen auf der schimmernden Gestalt in den Armen von Michaels Sohn ruhten. »Und mutig …«, fügte Tyne leise hinzu, während der imposante Engel sich bereits den Wächtern zuwandte.

»Was soll das hier? Lasst sie durch! Das sind Michael und sein Sohn! Was sie da anschleppen, kann euch ohnehin nicht mehr gefährlich werden …«

Tyne drohte das Blut zu Eis zu gefrieren. Wenn Jehudiel hier war – und um niemand geringeren handelte es sich – bedeutete das, dass er den Wunsch nach Vergeltung gespürt hatte. Jehudiel tauchte sonst so gut wie nie auf – es sei denn, es ging um ein hübsches Mädchen, das nur darauf wartete, von ihm flachgelegt zu werden. Aber hier stand er in seinem zeremoniellen Ornat. Was nur bedeuten konnte, dass …

»Jetzt macht schon!«, herrschte er die Wächter an und endlich gehorchten sie, wenn auch widerwillig. Nur der Wunsch nach Vergeltung rief Jehudiel auf den Plan. Gab es einen Grund für diesen Wunsch, oder würde es ihn bald geben? Voller Sorge betrachtete Tyne die junge Frau in seinen Armen. Ihre Haut war blass und kalt. Ihm gefiel nicht, was geschehen war. Noch weniger gefiel ihm aber, dass dieses Menschenkind für ihn ihr Leben lassen würde.

»Was ist nur aus euch geworden?«, schimpfte Michael, beschämt über die Einstellung seiner Männer. Dankbar, aber alarmiert beobachtete er den anderen Erzengel. Ihn wunderte nicht, dass er Jehudiel hier antraf. »Die Menschenfrau stirbt für meinen Sohn!«, erklärte Michael und schob Tyne mit Mina auf dem Arm auf Jehudiel zu. »Welch große Ehre«, brummte Jehudiel. Immerhin war sie im Kampf gestorben, wenn auch weder Fäuste noch Schwerter geflogen waren. Zum Engel des Krieges gehörte jede Form des Kampfes und der Kriegsführung.

Das Schimmern um Minas Körper schien hier oben im Himmel um einiges stärker zu sein als auf der Erde. Welchen Ursprunges ihre Seele auch immer war, durch das selbstlose Opfer, welches sie gebracht hatte, strahlte sie so hell wie ein Stern. Tyne fand es ungerecht, dass immer die reinsten Seelen das grausamste Schicksal erwartete.

»Die Seraphimenwächter können nichts dafür. Ihnen wurde beigebracht, dass Menschen im Himmel nichts zu suchen haben – und die dämonische Präsenz von dieser da«, Jehudiel deutete auf Tris, »erst recht nicht.« Jehudiels Auftauchen war das Einzige, was die Wächter zum Einlenken bewegte, gepaart mit Michaels Protest. Und Jehudiel war es auch, der Tyne jetzt in Empfang nahm. Mit einem Nicken wandte er sich dem Engel zu und bahnte ihm den Weg zu den Gemächern von Sariel. Denn einen Menschen würde Raphael ganz sicher nicht behandeln.

Tyne folgte Jehudiel in Windeseile. In dessen Schatten war es weitaus leichter voranzukommen, als es sonst der Fall gewesen wäre. Sariel aber wirkte genauso wenig begeistert wie die Wächter an den Portalen, als eine schwere Erzengelshand gegen ihre Tür pochte – und sie kurze Zeit später einfach aufriss. »WAS? Um

Gottes … Rein!« Tyne wusste nicht wie ihm geschah, als er mit Mina in den Armen einfach in das Innere der Wohnung gezerrt wurde. Vorsichtig legte er Mina auf den Behandlungstisch. Sariel nahm einen ihrer Dolche, zog die Klinge über ihr Handgelenk und presste die Wunde auf Minas leicht geöffneten Mund.

»Bring sie dazu zu trinken. Wenn mein Blut sie nicht umbringt, ist es das Einzige, was sie noch retten kann.«

Sariel um Hilfe zu bitten, war vielleicht eine gute Idee – okay, es war ihre einzige – dennoch hatte Michael ein unangenehmes Gefühl dabei. Die ganze Sache entwickelte sich zu schnell in eine ungute Richtung. Dass Tyne sich nicht getäuscht hatte, war nun auch ihm klar. Dass seinem Sohn keine andere Wahl geblieben war als zu überleben, weil niemandem sonst aufgefallen wäre, dass es eine Tris gab, die bereits von Camaels Gift gekostet hatte, ebenso. Während Sariel sich um Mina kümmerte, achtete Michael auf Tris. Behutsam legte er sie auf dem Bett ab und betrachtete ihre weichen Züge. Ihre Aura war nahezu leer. All ihre Energie hatte sie in einen vernichtenden Schlag gesteckt. Vermutlich mit dem Ziel, sich selbst zu töten. Doch irgendetwas hatte diesen Schlag vereitelt. Wollte nicht zulassen, dass sie sich umbrachte. Was es war, konnte Michael jedoch nicht erkennen. Er war schließlich kein Heiler. Diese spezielle Sicht in die Aura und den Körper eines Lebewesens war allein den Heilern vorbehalten. So dunkel Tris' Aura bei ihrer Ankunft auch gewesen war, musste doch immer noch etwas Gutes in ihr sein. Sonst hätte sie niemals derart heftig auf das Unglück mit ihrer Freundin reagiert. Es gab also noch Hoffnung für Tris.

Auf die Frage, was Sariels Blut mit Mina anstellen würde, kannte keiner eine Antwort. Erst einmal geschah nichts. Doch plötzlich ging ein Ruck mit solcher Gewalt durch ihren Körper, dass Minas schmerzerfülltes Keuchen Tyne dazu veranlasste, Sariel bittend, fast schon flehend anzusehen. Sariel beobachtete Minas Reaktion mit grimmiger Konzentration. »Nimm ihre Hand«, forderte sie ihn auf. Er zögerte. Wusste er doch, was eine Berührung Minas nackter Haut bei ihr auslösen konnte; was sie dann alles von ihm sehen würde. Sariels Blick wurde streng. »Nimm ihre Hand! Woran soll sie sich sonst festhalten?« Ohne weiter zu zögern, nahm Tyne Minas Hand – und Sariel begann in ihren Medikamentenschränken zu kramen.

Im ersten Moment war sie vom reinen Nichts umgeben. Dann spürte sie mit einem Mal ein warmes Licht, das nach ihr rief, und Mina strebte instinktiv darauf zu. Je näher sie ihm kam, desto wärmer und friedlicher wurde es in ihr. Doch plötzlich riss sie etwas gewaltsam von diesem Ort fort und warf sie zurück in eine Hülle, die kalt, eng und voll von Schmerz und Leid war. Da gab es nichts, was sie hier hielt. Nichts, an dem sie sich festhalten konnte. Wo war sie überhaupt? Mina hatte das Gefühl, zwischen den schmerzhaften Schüben vollkommen verloren im Nirgendwo zu schweben. Warum um alles in der Welt sollte sie dahin zurück wollen, wenn doch nur Schmerz und Kummer sie erwarteten? Kein Licht, keine Liebe, kein Frieden. Nein, in ihren Körper wollte sie auf keinen Fall zurück! Es gab nichts mehr, wofür es sich zurückzukehren lohnte … oder?

Jehudiel sah zu Michael und Tris hinüber. Ihre Aura wirkte inzwischen beinah … leer. Ein Umstand, der ihn unruhig machte. Üblicherweise war auch er geübt darin eine feindliche Aura zu erkennen, aber das hier … »Und wen genau hast du da mitgebracht?«, fragte er an Michael gewandt. Nachdenklich sah Michael von Tris zu Jehudiel auf und zuckte die Schultern. »Wenn ich es nicht besser wüsste, würde ich sagen, dass sie Danjals Tochter ist.« Bei dem Gedanken an den Seraphim musste Michael schwer schlucken. Schon damals war er gegen diese Hinrichtung gewesen. Doch was hatte er schon zu sagen, wenn es nicht um den Krieg ging? Und bei dieser Angelegenheit vor etwa 23 Jahren war es nicht um Krieg gegangen, sondern um eine verbotene Liebe. »Allem Anschein nach hat Danjals Liebe Früchte getragen.« Michael schüttelte den Kopf. »Das sollte niemals möglich gewesen sein«, stellte er fest, während seine Hand sanft über Tris' Wange glitt, wie um sich zu vergewissern, dass sie tatsächlich existierte. Jetzt, wo er genauer hinsah, glaubte er sogar eine gewisse Ähnlichkeit zwischen Tris und Danjal zu erkennen. »Sie war bei Camael. Er muss von ihr gewusst haben. Dieser Bastard! Würde mich nicht wundern, wenn er versucht hat, sie für sich zu gewinnen.« Jehudiels Miene war steinern. Er hatte einiges in diese Richtung erwartet. Die Hinrichtung Danjals sollte wie ein Katalysator wirken. Den Wunsch nach Vergeltung hatte er bereits damals in Camael gespürt. Danjal und ihn hatte eine tiefe Freundschaft verbunden. Entsprechend wunderte es ihn kein bisschen, dass Camael in diese Sache verstrickt war. »Mich auch nicht. Schon immer wollte er sich dafür rächen, dass man seinen besten Freund umgebracht hat. Diese Hinrichtung war ein Fehler. Aber das habe ich euch schon vor 23 Jahren gesagt.« Michael nickte zustimmend. Er wusste, dass Jehudiel eine reine Tatsache aussprach. »Wenn das stimmt und sie Danjals Tochter ist, dann …«, fluchte Michael plötzlich. »Dann ist sie hier in größter Gefahr! Die Königin wird sie nicht dulden, sie lieber tot sehen, so wie ihre Eltern!« Traurig aber wahr. Die Königin würde Tris nicht einen Atemzug länger am Leben lassen. Die Gefahr, welche von ihr ausging, war einfach zu groß. Doch was konnte eine unschuldige Seele für das, was ihre Eltern gelebt hatten? Unglücklicherweise war sie zuerst in Camaels Hände gefallen. »Sariel soll sie sich ansehen. Vielleicht … Ich meine …« Michael räusperte sich leise. »Vielleicht ist sie dem Tode bereits so nah, dass Sariel nichts mehr für sie tun kann.« Noch einmal versuchte er in ihrer Aura etwas zu erkennen. Doch da war nichts. Kein Anzeichen von Erwachen. Alles was er erkennen konnte war, dass sie nichts Menschliches an sich hatte.

Es tat so weh. So fürchterlich weh! Und eigentlich wollte sie da überhaupt nicht durch. Doch *er* berührte sie. Da, wo vorher nichts war, nahm sie plötzlich eine ihr vertraute Kraft wahr. Nur sehr kurz, aber immerhin lange genug, um die Neugier in Minas Seele zu wecken. Tapfer kämpfte sie sich durch den Schmerz, der zäh wie Teer an ihr klebte. Immer wieder flackerte für einen kurzen Moment dieses vertraute Licht vor ihr auf … und fast hätte sie es geschafft, fast wäre sie dort angekommen, als sie etwas packte und ganz plötzlich nach hinten riss! Ein kurzer, heftiger Ruck ging durch Minas Körper und ihre Hand umklammerte fest die von Tyne. Ihre Seele wollte die Pforte zurück in ihren Körper durchschreiten, doch etwas hielt sie eisern im Übergang gefangen! Etwas, das sich ebenfalls hier in diesem Raum befand. Eine Präsenz, die Licht und Schatten gleichermaßen in sich vereinte und doch etwas Böses im Schilde zu führen schien. Minas Körper bäumte sich auf. Ihre Augen öffneten sich und wurden starr vor Schreck, als sie versuchte, Luft zu holen und ihre Lungen ihr nicht gehorchten. Ihr Seele hatte sich noch nicht wieder in ihrem Körper verankert. Verzweifelt kämpfte sie darum, versuchte die fremde Präsenz abzuschütteln und zerquetschte dabei beinahe Tynes Hand.

Tyne biss die Zähne aufeinander, doch es kam Hoffnung in ihm auf. Wenn sie so fest zupacken konnte, hatte das Blut ihr geholfen. Aber sie konnte nicht richtig atmen. Ihr Keuchen war Warnsignal genug. Tyne funkelte Sariel an. Sie musste etwas unternehmen! Und sie zögerte nicht. Ohne Vorwarnung rammte sie der jungen Frau eine Spritze in den Hals. Der Wirkstoff, der jetzt durch ihren Körper jagte, sollte sie hoffentlich dazu bringen, endlich zu atmen. Ob Sariels Plan aufgehen würde, konnte sie jedoch nicht sagen. Ihre Heilfertigkeiten waren auf Engel ausgelegt, nicht auf Menschen.

Was immer Sariel Mina verabreicht hatte, es schien zu helfen, und es kam genau im richtigen Augenblick. Endlich füllten sich ihre Lungen mit Sauerstoff. Ihr Hals brannte und sie wusste im ersten Moment nicht, wo sie war, oder wer. Verwirrt wandte sie ihren Kopf in Tynes Richtung und sah ihn fragend an. So, als würde sie ihn nicht gleich erkennen. Ihre Lippen bewegten sich, doch sie brachte kaum einen Laut über sie. Mina fühlte sich schwach und verletzlich. Doch sie lebte. »Tris …« war alles, was man verstehen konnte. Selbst nach diesem Erlebnis sorgte sie sich noch um ihre Freundin.

Tyne atmete erleichtert auf, als Mina endlich wieder die Augen aufschlug. Auch Sariel schien ein Stein vom Herzen zu fallen, selbst wenn sie immer noch damit beschäftigt war, Minas Puls zu kontrollieren, sowie die Aura der jungen Frau vor sich genauer unter die Lupe zu nehmen.

Der Name, der über Minas Lippen kam, ließ auch

Sariel aufmerken. Sanft lächelnd sah sie die junge Frau an.

»Ich kümmere mich um deine Freundin. Versprochen. Ruh dich erst einmal aus. Man springt dem Tod schließlich nicht jeden Tag von der Schippe.«

Damit wandte sie sich Michael, Tris und Jehudiel zu, während Tyne weiterhin Minas Hand hielt.

Jehudiel konnte Michael nur zustimmen. Die Königin würde nicht ruhen, ehe sie Tris' Kopf in den Händen hielt. Gemessen an ihrer Miene, war sich auch Sariel dessen wohl nur zu bewusst, als sie zu ihnen trat.

»Meine Herren, ich möchte in meinem Haus nichts von dieser Schwarzmalerei hören! Wen ich auf dem Tisch habe, der wird leben, lasst euch das gesagt sein. Insbesondere du solltest das wissen, Michael.« Wie viele seiner Männer hatte sie schon gerettet? Und auch seine Frau. Damals war Sariel noch ein mehr als zartes Pflänzchen gewesen, sich kaum darüber im Klaren, über was für Kräfte sie verfügte.

Behutsam legte Sariel Tris die Hand auf Stirn und Brust und schloss konzentriert die Augen. Die Aura eines Lebewesens zu sehen, war das Eine. Sie zu fühlen, etwas ganz anderes. Den seltsamen Schimmer hatte sie vorhin schon wahrgenommen. Aber das hier … Ihr Gesichtsausdruck war angestrengt. Vor allen Dingen, als sie leise zu murmeln begann. Die Sprache der Engel war etwas, das Menschen vermutlich niemals verstehen würden. Oder konnten. Sie sprachen sie selbst nur sehr selten, eigentlich sogar nur dann, wenn sie ihre Kräfte nutzen mussten, und genau das tat Sariel gerade. Sie ließ ihre eigene Aura langsam mit der von Tris verschmelzen, stupste sie vorsichtig an, lockte sie. Und versuchte den Funken in ihr, der leben wollte, zu nähren. Jetzt war Sariel klar, was Tris daran gehindert hatte tatsächlich zu sterben. Und eigentlich sollte sie das mit Sorge erfüllen. Doch im Moment war sie einfach nur Heilerin. Nichts weiter.

Bewundernd trat Michael zur Seite, machte Sariel Platz und rückte selbst mehr und mehr in den Hintergrund. Nur zu gut wusste er, was Sariel damals für ihn, für seine Gefährtin getan hatte. Dennoch platzte er beinah vor Neugier und Ungeduld. War dieses Mädchen tatsächlich Danjals Tochter? Wohin war ihre Seele verschwunden, warum wirkte ihre Aura so leer? Lebte Tris' Mutter vielleicht noch? Fragen über Fragen, auf die er keine Antworten wusste.

Es war nicht so leicht herauszufinden, wessen Tochter sie genau war … Aber Sariel ließ sich auch davon nicht beirren. Sie war erst einmal damit beschäftigt Tris' Aura wieder soweit zu stärken, dass sie sich nicht selbst zugrunde richtete – oder das Kind, das in ihr heranwuchs.

Langsam erholte sich Mina von ihrem Kampf ums Überleben. Obwohl sie sich hier sicher fühlte, verspürte sie Angst, weshalb sie sich nach wie vor verzweifelt an Tyne festhielt. Ihre Gabe schwieg. Mina war viel zu geschwächt um sie nutzen zu können. Zum Glück für Tyne. Je mehr Zeit verging, umso bewusster wurde sie sich ihrer selbst. Zitternd vor Kälte drängte sie sich dichter an Tyne. Ihre Zähne klapperten leise aufeinander, während sie versuchte Tyne zu warnen. Sie wollte ihm von der Präsenz erzählen, der es beinahe gelungen war, sie zurück in die Dunkelheit zu zerren. Mühsam öffnete sie den Mund. »Ich war … nicht alleine. Da war… etwas. Hier ist… noch jemand«, flüsterte sie schwach und Panik stand in ihren Augen.

Minas Worte ließen Sariel aufhorchen. »Tyne, bring in Erfahrung, was sie meint! Ich bin hier gerade beschäftigt«, forderte sie ihn auf und wandte sich wieder Tris zu. Tyne nickte und zog Mina fester an sich. »Mina … alles ist gut.« Oder würde gut werden. So hoffte er jedenfalls. Als sie zu zittern begann, nahm er eine Decke und legte sie behutsam über Mina. »Schhh … Ganz ruhig. Wer war da, Mina? Was hat versucht dich zurückzuziehen?« Er sah die Panik in ihrem Blick. Mittlerweile schenkte auch Jehudiel Mina einen aufmerksamen Blick und trat an ihre Seite. »Erzähl es ihm. Deinen neuen Freund hat es derart nach Vergeltung für dich verlangt, dass einem fast schlecht geworden ist – und ich hungrig geworden bin.«

Minas Blick folgte der fremden Stimme und erschrak, weil sie den schwarzhaarigen Engel nicht kannte. Verängstigt sah sie zu Jehudiel auf. »Ich … kann es nicht erklären. Es fühlte sich jung an«, stammelte sie. »Neugierig und unerfahren. Wie eine … eine neue Seele. Ähm, die … die sich schützen wollte.« Mina schien zu überlegen, wie sie den Anderen begreiflich machen konnte, was sie gespürt hatte. »Es schien mir, als fühlte sie sich … einsam. Als wollte sie um jeden Preis verhindern, dass ich sie verlasse!« Erschöpft schloss Mina die Augen. Wenigstens war ihr nicht mehr kalt. Allmählich kehrte ihre Kraft zurück und ihre Gabe mit ihr. Ihre Hand in Tynes zuckte kurz, doch sie hielt ihn weiter fest. Es tat gut ihn zu spüren. Vielleicht wurde ihr aus diesem Grund plötzlich etwas wärmer.

Auch Tyne bemerkte, wie ihre Gabe zurückkehrte. Aber er zuckte nicht zurück, sondern ließ sich nur neben ihr auf das Bett sinken.

»Ruh dich noch ein wenig aus …«, riet er ihr mit einem Lächeln und beobachtete Sariel von seinem Platz aus.

Sariel schloss die Augen wieder. Sie wusste ganz genau, wovon Mina sprach. Aber sie brauchte jetzt all ihre Kraft, um Tris zu helfen – und musste damit einiges mehr an Energie in diese Auraverbindung stecken, als sie zu Anfang vermutet hatte. Sariels Haut wurde zusehends immer blasser. Vor allen Dingen deshalb, weil sie Tris einen Teil ihres Blutes einflößte. Ewig würde sie das nicht durchhalten. Sie musste ohnehin aufhören, bevor ihr Blut giftig wurde, aus einem Selbstschutzmechanismus heraus, damit sie sich nicht über ihre Grenzen hinaus verausgabte. Aber sie wollte Tris helfen, und dem winzigen, jungen Leben in ihr auch. Egal, ob es sie ihre letzte Kraft kosten würde. Sariel weigerte sich Tris und ihr Baby aufzugeben. Sie hatte noch niemals jemanden aufgegeben.

Mit Argusaugen verfolgte Jehudiel Sariels Wirken. »Sariel … du bist schon ganz blass …«, warnte er die Heilerin und trat auf sie zu. »Lass es gut sein. Vielleicht ist es besser, wenn sie es nicht schafft. So bleibt ihr sicher einiges erspart.« Dann stand er neben Sariel, kurz davor seine Hände auf ihre zu legen um sie zu unterbrechen. »Sariel! Bitte!«, versuchte er es noch einmal, auf ihre Vernunft hoffend. Auch Michaels besorgter Blick glitt zu Sariel. Seine Muskeln spannten sich an, jederzeit bereit, aufzuspringen und ihr zur Hilfe zu eilen.

Nur am Rande bekam Mina mit, was sich zwischen Sariel, Jehudiel und Tris abspielte. Doch das Gefühl, welches sie dabei beschlich, war kein gutes. Alarmiert versuchte sie sich aufzusetzen, um besser zu Sariel hinübersehen zu können. »Wie geht es ihr?«, fragte sie, die Anstrengung war deutlich aus ihrer Stimme zu hören. Vorsichtig stützte sie sich an Tyne ab. »Ich kann nicht schlafen oder ruhen, wenn es Tris nicht gut geht. Egal, was sie mit mir gemacht hat, sie ist wie eine Schwester für mich. Etwas stimmt nicht mit ihr. Das ist nicht Tris. So ist sie nicht!« Mina erschrak. Mit so viel Kraft in ihrer Stimme hatte sie nicht gerechnet. »Tyne … *Bitte*!«, bat sie leise. »Tris ist nicht böse! Im Gegenteil. Sie war immer eine Beschützerin für die Schwächeren. Hat Kindern geholfen, die von Älteren geärgert oder verprügelt worden sind. Tris hat sie immer beschützt …« Jetzt flehte Mina regelrecht darum, Tris nicht aufzugeben.

Sariel öffnete für einen Moment die Augen; wandte

ihren Blick erst Mina zu, dann Michael. Ihre Augen glühten in einem feurigen Gold, als sie schließlich Jehudiel anfunkelte. Ihre Flügel spreizten sich unruhig, die Spitzen glommen bronzefarben auf. »Ich habe noch *nie* einen Patienten aufgegeben und ich werde es auch jetzt nicht! Lass. Deine. Finger. Da raus!« Dann schloss sie die Augen wieder. Der Aurastoß, den sie Tris dieses Mal gab, war im Raum nicht nur deutlich zu spüren, er war auch zu sehen. Das kräftige, goldene Leuchten, das von Sariels Händen ausging, floss in Tris' Körper, bis die Heilerin in sich zusammensackte.

Tyne kannte Sariel. Er wusste, dass sie solche Fälle nicht aufgab – einer der unglücklichsten Charakterzüge an ihr. Gleichzeitig jedoch auch einer der besten. Doch im Moment musste er zuerst einmal Mina ruhig halten, was nicht gerade einfach war. Tyne fiel es ebenfalls nicht leicht ruhig zu bleiben, als Sariel wegkippte.

Leise fluchend fing Michael Sariel auf, noch bevor sie den Boden berührte. Er hob sie behutsam auf seine Arme und trug sie zu der freien Couch. »Ich wusste es! Ich habe es gewusst! Es ist doch jedes Mal dasselbe. Aber nein, diese sture Frau!« Michael war so eifrig mit Fluchen beschäftigt, dass er gar nicht bemerkte, wie Tris zu sich kam. »Jehudiel!«, rief er dem anderen Erzengel zu und kümmerte sich wieder um Sariel. Bettete sie vorsichtig in die weichen Couchkissen, legte seine warme Hand auf ihre Stirn und schenkte ihr etwas von seiner Energie. Natürlich war es weit weniger und nicht so qualitativ hochwertig wie das, was ein Heiler bieten konnte. Doch er hatte genug von Sariel gelernt, um seinen Männern im Kampf auf diese Weise zu helfen. »Was soll ich nur mit dir machen?«, seufzte Michael und schüttelte den Kopf. »Der Mann, der dich einmal abbekommt, braucht starke Nerven!«, lächelte er schließlich.

Beunruhigt folgte Mina Michael mit ihrem Blick. »Oh nein«, flüsterte sie und sah Tyne an. »Wird sie wieder gesund?« Dann flog ihr Blick zurück zu Tris, als sie aus den Augenwinkeln eine Bewegung wahrnahm. »Tris? *Tris*!«, rief sie erleichtert, rollte sich von ihrem Platz herunter und sank erst einmal haltlos zu Boden, da ihre Beine sie wider Erwarten doch noch nicht trugen. Flehentlich sah sie zu Tyne hinüber.

 Dieser wusste wirklich nicht, wem er zuerst helfen sollte. Doch als Mina die Beine wegsackten, fing er zuerst sie auf, während sein Vater und Jehudiel sich um die bewusstlose Sariel kümmerten. Das war nicht das erste Mal, dass Sariel sich derart verausgabte. Sie würde viel Ruhe brauchen, um ihre Kraftreserven aufzutanken. Tyne warf ihr einen besorgten Blick zu, bevor er sich wieder an Mina wandte.

»Sie wird wieder. Sariel ist … Sie steht das durch.«

Jehudiel schnappte sich den Erste-Hilfe-Kasten und versorgte zumindest die Blutung an Sariels Handgelenk. Mehr konnte er im Moment nicht für sie tun. Tris schien vorerst keine Gefahr für Sariel darzustellen.

Jetzt hieß es abwarten. Nachdem Michael seine Kraft auf Sariel übertragen hatte, sah er mit besorgter Miene Jehudiel an. »Wir sollten uns rasch um Tris kümmern, bevor auffällt, dass sie hier ist. Ich kann die Präsenz ihrer Aura bereits spüren«, erklärte er und warf einen besorgten Seitenblick auf Sariel. Jehudiel nickte Michael zu. Er hatte ja recht, nur was sollten sie machen? Ihre Aura zu verbergen war schlicht und einfach nicht möglich. »Wir könnten sie von hier wegbringen. In die Zwischenwelt.«

»Danke«, flüsterte Mina und drückte Tyne beinahe überschwänglich einen Kuss auf die Wange. »Für alles! Bringst du mich zu ihr? Vielleicht hilft es ihr«, mutmaßte sie und konnte es doch kaum erwarten, Tris endlich wieder in die Augen zu sehen. Tyne nickte und trug Mina behutsam zu Tris hinüber. Sie hatte recht, vielleicht half es ihr. Etwas großartig anderes konnten sie gerade ohnehin nicht tun. Minas Freundin zitterte am ganzen Leib. Vorsichtig beugte sie sich vor. Dabei legte Mina ihre Hand auf die von Tris und schrak überrascht zurück. »Ihre Augen! Tyne, sieh doch! Sie sind fast weiß!« War das normal? Hatte es etwas mit dem zu tun, was dieser andere Mann mit ihr gemacht hatte? Auch Tyne erschrak, als er das sah.

Sie konnte weder hören, noch sehen. Tris war taub und blind wie ein frisch geborenes Kätzchen. Sie zitterte, und doch konnte sie nicht sagen, ob vor Kälte oder Angst. Vorsichtig leckte sie sich über ihre rauen Lippen. Versuchte zu sprechen. Doch alles, was aus ihrem Mund kam, war ein heiseres Husten. Wo war sie nur? Was war geschehen und … bei Gott, *was* war sie?

Es dauerte einen Moment, doch schließlich erlangte Tris wenigstens ansatzweise ihre Sinne zurück. In der Ferne hörte sie eine Stimme. Eine weibliche Stimme. Sie wirkte besorgt und verunsichert. Tris blinzelte und versuchte etwas zu erkennen, konnte jedoch nicht scharf sehen. Immerhin hörte sie etwas, wenn auch nur sehr dumpf. Sie leckte sich erneut über die Lippen und versuchte etwas zu sagen. »Wo … *wer* bin ich?«, kamen endlich die richtigen Worte über ihre Lippen, kaum mehr als ein Flüstern. Ihre eigene Stimme hörte sich fremd und ungewohnt an. »Du bist Tris … 23 Jahre alt und liebst die Natur, Tiere und Kinder«, folgte eine Antwort aus direkter Nähe. Unsicher sah sie Tyne an und zuckte mit den Schultern. »Ich weiß nicht, ist das gut so?« Dann wandte sich Tris Mina zu und lauschte ihren Worten. »Tris? Ich bin Tris? Aber warum bin ich hier? Und wo ist *hier*?«, flüsterte sie. So viele Fragen. Ein wenig unbeholfen versuchte Tris sich aufzusetzen, um sich umzusehen. Das Weiß ihrer Augen verflüchtigte sich allmählich und gab den Blick auf ein zartes Saphirblau frei. Dann erblickte sie Tyne. Zuerst war ihre Sicht noch leicht unscharf, darum nahm sie ihre Hände zur Hilfe. Sacht berührte sie sein Gesicht mit den Fingerspitzen. Tastete über seine Wange, seine Lippen und sein Kinn. »Wer bist du?«, wollte sie wissen und ein erstes, schüchternes, fast ängstliches Lächeln legte sich auf ihre Züge. »Du bist im Himmel. Momentan jedenfalls. Wir haben dich hierher gebracht, weil … du schwer verletzt warst. Aber du lebst. Und ich bin Tyne.« Fragend sah er Mina an. »Kannst du … Du kennst sie besser als ich.« Mina nickte. »Natürlich«, antwortete sie und versuchte sich wieder auf Tris zu konzentrieren.

»Tris wirkt so hilflos wie ein Welpe. Vermutlich braucht sie weitere medizinische Hilfe«, brummte Michael mürrisch. Aber Sariel war außer Gefecht und Raphael keine Option. »In die Zwischenwelt …«, sinnierte Michael. Wenn er sich Tris so ansah, war er nicht sicher, ob das eine gute Idee war. Sie wirkte in der Tat wie ein Welpe. Wen sollte er mit Tris dorthin schicken, um sie zu beschützen? Tyne vielleicht. Für ihn war es gerade am sichersten, wenn er niemandem hier über den Weg lief. Aber er mit Tris alleine? »Wen soll ich mit ihr schicken, der sie beschützt? Sie kann unmöglich hierbleiben.« Meine Güte, das wäre wirklich keine gute Idee! »Und wenn wir sie bei den Menschen verstecken?« Er wusste, dass es aussichtslos war. Doch wen konnten sie noch fragen? Elisarah war tot. Jehudiel wusste selbst, dass die Zwischenwelt kein ideales Pflaster war. Aber die Welt der Menschen? Auf gar keinen Fall! Er schüttelte den Kopf. »Wenn wir sie zu den Menschen bringen, hat Camael sie innerhalb von Sekunden wieder gefunden. Und Mina kann auch nicht hierbleiben. Durch euren Auftritt am Portal hat schon längst eine Informationskette eingesetzt, es würde mich nicht wundern, wenn hier gleich jemand auftaucht und sie beide sehen will – und euch auch. Egal was ihr tut, macht es *jetzt*!« Unruhig sah er zur Tür. Er spürte es bereits. Es fühlte sich dunkel und kalt an, obwohl es von einem Engel kam. Einem Erzengel. Diese Art von Vergeltungsdrang war mit die gefährlichste. Und er wusste, zu wem sie gehörte.

»Beeilt euch! Raphael kommt.« Michael nickte stumm. »Was ist mit Sariel? Sie werden sie nicht in Ruhe lassen!« Große Sorge war in seinem Blick zu erkennen. Er wollte Sariel nicht zurücklassen, nicht so schutzlos. Doch er hatte keine Ahnung, wohin es sie verschlagen würde. Konnte er Sariel das antun? Was war mit seiner Frau? Ein kalter Schmerz durchzuckte ihn. Dann traf er eine Entscheidung. »Ich muss hierbleiben! Ich kann nicht gehen, nicht wenn Sariel und meine geliebte Gefährtin hier alleine zurückbleiben.« Rasch warf er seinem Sohn einen entschlossenen Blick zu. »Tyne. Nimm die beiden Mädchen. Nimm Jehudiel – und geht!«

Tris spürte die Veränderung, noch bevor sie begriff. Ihre klaren Augen wurden größer und größer, das Herz schlug ihr laut pochend bis zum Hals, als sie auf einen noch leeren Platz an der Tür starrte. »Sie kommen!«, war alles, was Tris im Stande war zu sagen, bevor die Panik sie ergriff. Tris war zwar wieder bei Bewusstsein, wirkte jedoch völlig anders als sonst. Mina war sich nicht sicher, ob sie sich darüber freuen sollte. Im Moment hatte sie ohnehin nicht genug Zeit, um sich den Kopf zu zerbrechen. »Wir müssen aufbrechen«, erklärte sie an Tris gewandt. »Kannst du sie tragen, Tyne?«, wollte sie wissen, bevor sie auf Jehudiel zutrat und ihn lange musterte. Mina war immer noch schwach auf den Beinen, aber sie schaffte es und blieb stolz vor ihm stehen. »Ich bin Mina. Kannst du mich mitnehmen?«

Jehudiel nickte ihr zu, als sie sich vorstellte und lächelte gequält. Er war doch kein … Jehudiel seufzte. Eigentlich war er kein Babysitter. Erst recht nicht für Menschen und Engel und Halbengel. Und überhaupt. Aber er nickte brummend. »Sieh zu, dass du unsere Prinzessin vor ihrem Vater schützt.« Damit trat er auf Mina zu, während Tyne bereits vorsichtig Tris auf die Arme nahm. »Halt dich gut fest«, brummte er. »Dieses Mal nehmen wir nicht die Portale.«

Tyne packte Tris fester. Die Panik, die von ihr Besitz ergriffen hatte, war nicht gerade förderlich für einen ruhigen Flug. Jetzt verstand er, warum sein Vater nicht selbst mit ihm kam. Jehudiel war der weitaus Gewandtere, wenn es um Heimlichkeiten ging. Ihm kam auch durchaus einmal die ein oder andere Lüge über die Lippen, ohne dass man es ihm gleich ansah. Er folgte seinem ganz eigenen Kodex.

Und der bestand zumeist darin, entweder Rache zu

üben, das Mädchen zu bekommen, welches er gerade begehrte, oder tatsächlich dem Himmel zu helfen. Allerdings nicht unbedingt der Königin.

Mühsam hüllte Jehudiel sie alle in seine Flügel – und verschwand mit ihnen. Auf dem Boden von Sariels Wohnung blieb lediglich eine dunkle, violette Engelsrune zurück, die zunächst zornig aufglomm, bevor sie langsam verblasste. Im selben Moment klopfte es an der Tür und Michael hob alarmiert den Kopf.

»Aufmachen!«

Kapitel 4

***

Auch dieser Teil der Zwischenwelt war ein größten-
teils vom Krieg zerstörter Ort. Dieses Mal kamen sie
nicht in der Nähe von Beles alter Wohnung heraus,
sondern landeten vor den Toren einer liebevoll aufge-
arbeiteten Ruine, deren Charme eines gediegenen
Landhauses beinahe wiederhergestellt worden war. Jehudiel schüttelte seine Flügel aus und sah sich um. Im
Eingangsbereich bestanden die Wände aus grob be-
hauenem Stein. Als sie eintraten, erstreckte sich eine
pechschwarze Decke über ihnen, in der man die Sterne eingefangen hatte. Kleine Punkte leuchteten auf sie
herab und gaben das Wenige an Licht ab, das in der
Wohnung gebraucht wurde. Die Wände waren ebenso
schwarz – oder einfach nur dunkel, die gesamte Einrichtung beschränkt auf behelfsmäßige Tische, Stühle,
ein paar Schränke. Etwas, das aussah wie eine Kü-
chenzeile. Und in einem weiteren Raum eine Ansammlung von großen Kissen als Schlafstätte. Jehudiel
sah sich den Rest an. »Willkommen in meinem Teil
der Zwischenwelt. Macht es euch … bequem.«

Mina kuschelte sich eng an Jehudiels Körper. Er war herrlich warm und roch noch besser als Tyne. Tyne war nett und hatte ein gutes Herz. Aber Jehudiel war anders. Hier gelang es Mina nicht, durch bloße Berührung alles über den Erzengel herauszufinden. Ihre Gabe schien aus irgendeinem Grund bei ihm nicht zu funktionieren. Mit Bedauern ließ sie sich nach der Ankunft in der Zwischenwelt von ihm auf die Füße stellen. Das klappte ja wenigstens schon besser als ihr erster Versuch. Allerdings nicht lange. Mit einem leisen Quieken und wild in der Luft rudernden Armen knickte Mina ein und bekam in letzter Sekunde einen Arm von Jehudiel zu packen. »Ups. Oh, Entschuldigung!«, flüsterte sie und lächelte den großen Engel ein wenig verlegen an. »Tut mir leid.« Beschämt senkte sie den Blick. Jehudiel spürte Minas Versuch, ihre Gabe zu nutzen. Lächelte ein sehr leichtes, kaum merkliches Lächeln, als sie das Gleichgewicht verlor und fing sie auf. »Versuch es gar nicht erst, Menschenkind.« Seine warme dunkle Stimme sandte ein wohliges Prickeln über Minas Haut. »Setz dich in die Kissen …«

Anstandslos ließ sich die kleine rothaarige Menschenfrau von Jehudiel bis zum Lager aus Kissen führen. »Danke«, presste sie leise hervor und versuchte nicht schon wieder in seine blauen Augen zu blicken.

Was leichter gesagt war als getan. Instinktiv versuchte Mina mehr über diesen Mann in Erfahrung zu bringen. Seine Aura hatte etwas Geheimnisvolles. Und sie liebte Geheimnisse. Tris schien beschäftigt und geriet neben Jehudiel völlig in den Hintergrund. Aufmerksam beobachtete Mina den Erzengel dabei, wie er das Feuerholz aufschichtete. Sie schaffte es einfach nicht, ihren Blick von ihm zu nehmen. Hoffentlich bemerkte er nicht, dass sie ihn anstarrte. Nachdenklich und vor allem neugierig …

Er spürte ihren Blick auf seinem Rücken. In seinem Nacken. An seinen Händen. Mina schien sein Schatten werden zu wollen. Und doch arbeitete er unbesorgt weiter. Das Holz war fertig geschichtet und der Kamin angefeuert, als im Kessel darüber eine köstlich duftende Mahlzeit zu köcheln begann.

Ein wenig unbeholfen klammerte sich Tris an Tynes Hals fest und hoffte, dass sie die Reise schnell hinter sich haben würde. Sie wirkte so hilflos und unschuldig, ganz anders als noch in Camaels Gegenwart. Sie verstand selbst nicht, was mit ihr geschehen war. Tris war durcheinander, fühlte sich einsam und fror. »Warum sind wir hier?«, erkundigte sie sich mit leiser Stimme bei Tyne, als fürchte sie sich vor seiner Reaktion. Vielleicht war es besser, dass sie keine Erinnerung mehr an das Geschehene hatte. Dass ihr Kopf leer war. Nein, nicht völlig leer. Inzwischen kannte sie ihren Namen. Aber *wer* sie war und wohin sie gehen sollte, davon hatte sie nicht den blassesten Schimmer.

Diese Wohnung war auch Tyne gänzlich unbekannt. Er wusste nicht, wohin er zuerst schauen sollte. Oder hätte es nicht gewusst, würde Tris ihn in diesem Moment nicht verunsichert aus ihren großen blauen Augen zu ihm aufsehen.

»Wir sind hier, weil du im Himmel nicht sicher warst. Du bist nicht nur ein halber Engel, sondern auch ein halber Dämon. Deswegen bist du dort nicht gerne gesehen. Ich bin mehr oder weniger so etwas wie dein Beschützer.«

»Beschützer.« Das Wort hatte sie schon einmal gehört, meinte Tris sich erinnern zu können. Doch es weckte ein ungutes Gefühl in ihr. Es klang so nach Schmerzen und Trauer. Unsicher sah sie sich nach den Anderen um. Nur ganz langsam kehrten vereinzelte Erinnerungen zu ihr zurück. Es waren nicht einmal Bilder, die sie wahrnahm, sondern nur Gefühle. Die Angst flackerte in ihren Augen und färbte ihre saphirblaue Iris dunkler. »Ich … Es fühlt sich nicht gut an, dieses Wort«, stellte sie fest und versuchte sich von Tyne zu entfernen. »Ich … ich bin kein Mensch?«, wollte sie mit immer dünner werdender Stimme wissen. Dabei gab sie sich redlich Mühe, trotz ihrer momentanen Schwäche, immer weiter von Tyne abzurücken.

Tyne blieb nicht verborgen, wie sie reagierte. Etwas stimmte nicht. Er spürte ihre Angst, konnte sie sehen und wunderte sich umso mehr über den plötzlichen Wandel, den Tris durchgemacht hatte. »Du musst keine Angst haben, niemand wird dich verfolgen. Niemand wird an dich herankommen.« Aber mit einem Beschützer schien sie eher das Gegenteil von dem zu assoziieren, was er eigentlich meinte.

»Ist schon gut. Keine Angst, ich komme dir nicht näher.« Seine Worte schienen sie … verschreckt zu haben.

**

Mit wenigen Schritten war Michael an der Tür und öffnete sie. »Was gibt es?«, fragte er grimmig und musterte sein Gegenüber von Kopf bis Fuß. »Ich hoffe, ihr habt einen guten Grund, Sariels Ruhe zu stören«, mahnte er, und in seiner Stimme lag die Autorität des Erzengels des Krieges. Michael hoffte, dass Sariel sich rasch wieder erholen würde. Immerhin hatte er ihr etwas von seiner Energie übertragen. Mehr stand vorerst nicht in seiner Macht. Lediglich beschützen konnte er sie. Vor allem vor ihrem Vater, egal was da kommen mochte.

Der Anführer von Königin Jophiels persönlicher Leibwache auf der anderen Seite von Sariels Tür wirkte ein wenig verunsichert, als er Michael sah. Was machte er hier? Er sollte unten auf der Erde sein. Allerdings hatte auch er von den Gerüchten gehört. Und er hatte seine Anweisungen.

»Mit Verlaub, Ihre Majestät, Königin Jophiel hat angeordnet einem Hinweis nachzugehen, demnach sich ein Feind in den Gemächern von Lady Sariel aufhalten soll. Wir …« Er sah hinter sich, zu etwa einem guten Dutzend anderer uniformierter Engel. Einer von ihnen nickte kaum merklich.

»Wir sind zu Lady Sariels Schutz hier. Und müssen den Sachverhalt prüfen.«

Michaels Miene verdüsterte sich. Damit hatte er gerechnet. Nichts blieb unbemerkt hier oben. »Lady Sariel geht es gut. Sie ruht gerade und braucht Erholung, nachdem sie mir helfen und meine Wunde versorgen musste«, erklärte er ernst, ließ den anderen Engel dabei jedoch nicht aus den Augen. Sein stechender Blick konnte so manchen Erzengel bis in die Grundfesten erschüttern, und allmählich wurde er auch ungeduldig. Viel lieber als hier an der Tür zu stehen, wollte er jetzt an Sariels Seite sein und sich um sie kümmern. Darum warf er einen prüfenden Blick auf die Couch, wo er Sariel zuvor in die weichen Kissen gebettet hatte. Michaels Gegenüber schien unterdessen reichlich verunsichert. Unentschlossen trat er von einem Bein auf das andere.

Währenddessen erwachte Sariel langsam. Sie fühlte sich wie gerädert. Was sie Tris da gegeben hatte, war ein Großteil ihrer eigenen Energie gewesen und das spürte sie in jedem Knochen. Mühsam setzte sie sich auf und stemmte sich hoch. Mit halbwegs festen Schritten ging sie zur Tür und sah den Wächter an.

»Was soll dieser Aufruhr vor meiner Tür?«

»Lady Sariel! Wir…«

»Was, *wir*? Ich will hier Verletzte behandeln. Wenn ihr nicht verletzt seid, schert euch weg! Ihr könnt der Königin gerne ausrichten, dass ich ab und an auch schon einmal meine Ruhe brauche, wenn ich gerade jemanden geheilt habe. So unglaublich das klingen mag!« Die Tür knallte vor der Nase eines dumm aus der Wäsche guckenden Engels zu. Bevor Sariel zu Boden gehen konnte, hatte Michael sie wieder auf seine Arme gehoben und trug sie zurück zur Couch. »Wohin sind sie …?«, erkundigte sich Sariel mit schwacher Stimme und lehnte sich erschöpft gegen Michaels Brust. »Ich habe da so eine Vermutung. Aber ich werde einen, du weißt schon, tun und es hier laut aussprechen«, erklärte er und half Sariel behutsam auf die Couch. Sein besorgter Blick lag auf dem weiblichen Erzengel. »Sie werden wiederkommen. Die Königin wird sich nicht damit zufrieden geben«, seufzte er besorgt und strich Sariel eine Haarsträhne aus dem Gesicht.

***

Still und leise lag Mina auf dem Lager aus Kissen und beobachtete Jehudiel aufmerksam bei der Arbeit. Sie wusste nicht genau warum, aber ihr gefiel die Art, wie er lebte. Das knackende Feuer im Kamin, der Duft von verbranntem Holz und Wald. War das Jehudiels Duft, den sie immer noch schwach wahrnahm? Wie konnte es sein, dass sie ihn so überdeutlich spürte? So viel intensiver als die anderen hier? Verwirrt wandte sie schließlich den Blick von dem Erzengel ab. Lehnte sich mit einem erschöpften Seufzen in die Kissen zurück, beobachtete das flackernde Feuer im Kamin und schlummerte friedlich ein. Stille und Dunkelheit umhüllten Mina, während ihre Seele auf Reisen ging.

Sanft glitt sie durch ihren Traum, von unsichtbaren Händen getragen und mit einem Lächeln auf den Lippen. Ihr Herz quoll über vor Liebe und Glück, als sie in die klaren Augen eines Neugeborenen blickte. Die gleichen blauen Augen wie die des Erzengels Jehudiel, doch das flammend rote Haar von ihr selbst. Suchend ließ Mina ihren Blick über die Stadt unter sich schweifen, um Jehudiel zu finden, als das kleine Bündel in ihren Armen zu schreien begann. Hitze schoss plötzlich durch Minas Körper. Verbrannte ihre Sinne und trieb ihr den Schweiß auf die Stirn. Überall um sie herum züngelten Flammen, Feuer und Lärm hüllten sie ein. Verschwunden war das Neugeborene, als ihre Sicht sich klärte und den Blick auf eine brennende Stadt freigab. Mina schien sich weit über den Wolken zu befinden, bewegte sich jedoch so schnell wie ein Komet auf die brennenden Häuser zu. Sie fiel immer tiefer und schneller durch die Wolken, bis sie erkannte, um welche Stadt es sich handelte. Ein erbitterter Kampf tobte in der Luft über Seattle. Engel gegen … Dämonen! Oder? Nein … das waren keine Dämonen. Es … Oh mein Gott! Ein Pfeil aus purem Feuer schoss auf sie zu, durchbohrte ihre Brust, drang direkt in ihr Herz und ließ sie stürzen. Erschrocken sah sie auf die Stelle, in die der Pfeil eingedrungen war. Goldenes Blut

quoll rings herum aus der Wunde und tränkte ihr Hemd.
Etwas riss sie zurück in die Wolken. Zog sie erbarmungs-
los fort von dem Engel, dessen Tod sie gerade am eigenen
Leib gespürt hatte.

Während Mina schlief, breitete sich langsam der
Duft nach gebratenem Fleisch, Zwiebeln und gekoch-
tem Gemüse in der Wohnung aus. Nachdenklich
starrte Jehudiel in den Kessel über dem Feuer, bis ihm
die Hitze zuviel wurde. Also zog er sein Hemd aus,
blieb mit freiem Oberkörper vor dem Feuer sitzen
und stocherte mit einem Schüreisen in der Glut herum. Erst, als er bemerkte, dass Mina sich unruhig hin
und her warf, wandte er seinen Blick ihr zu und betrachtete sie mit hochgezogenen Augenbrauen.
Schweißgebadet, einen Schrei auf den Lippen,
schreckte Mina aus dem Traum auf. Schwer atmend
und zitternd am ganzen Leib sah sie sich um. Fragend
sah er sie an, rührte sich jedoch nicht von der Stelle.
»Du hast schlecht geträumt.« Seine Stimme war ruhig, gewohnt dunkel und tief.

Haltsuchend tastete Tris nach der Wand und schob
sich langsam immer weiter von Tyne fort. »Ich ... ich
erinnere mich«, flüsterte sie. »Ihr ... Du ...« Sie deutete auf Tyne, sah dann zu allen anderen, bevor sie

wieder Tyne ansah. Tris neigte ihren Kopf leicht zur Seite und musterte ihn unsicher. »Du versprichst mir, dass du mir nichts tust?«, fragte sie vorsichtig und ihre Augen nahmen langsam ein etwas helleres Saphirblau an, abwartend, was er sagen würde.

Tyne konzentrierte sich auf Tris – und ihre angsterfüllten Augen. Sie erinnerte sich. An was erinnerte sie sich? An was *genau*? Das Versprechen, das sie ihm abverlangte, konnte er ihr allerdings auf jeden Fall geben. »Natürlich. Ich würde dir niemals etwas tun«, bestätigte er. Er hatte es kaum ausgesprochen, da hörte er Minas Aufschrei. Sein Kopf schoss zu ihr herum. »Was ist los?« Alarmiert sah er zu Jehudiel, der immer noch ungerührt am Feuer saß. »Kümmere dich um dein Bündel, Tyne«, brummte Jehudiel ihn an.

Tris zuckte zusammen, als sie Jehudiels Stimme hörte. Sein dunkler Blick erschütterte sie bis in die Grundfesten ihrer Seele. Schnell versuchte sie sich wieder aus diesem Bann zu lösen, und als sie es schließlich schaffte, flüchtete sie sich in Tynes Arme. Suchte Schutz in seiner Nähe und barg ihr Gesicht an seiner Brust. Sie zitterte immer noch wie Espenlaub. Überrumpelt fing er sie auf, strich ihr unbeholfen über den Rücken und entspannte sich ein klein wenig. »Ist schon gut. Alles wird gut …« Hoffte er jedenfalls. »Was macht ihr jetzt mit mir?«, fragte Tris vorsichtig, hob ihren Blick und sah Tyne aus hoffnungsvollen Augen an. »Ich weiß nicht. Erst einmal brauchst du deine Erinnerung wieder. Und wir passen auf dich auf. Versprochen.«

Tris schmiegte sich an Tyne und seufzte leise. »Wie kann ich mich erinnern?«, wollte sie wissen. »Und warum ist es so schlimm, dass ich lebe? Ich verstehe das alles nicht. Ich habe ihnen doch nichts getan! Sind die anderen Engel nicht wie du? Du bist gut, das kann ich spüren. Deine Seele ist warm und hell.« Und da geschah es. Tris' Aura streifte die von Tyne. Vorsichtig, sanft. Beinah schüchtern, und zog sich sofort wieder zurück. In ihrer eigenen Aura schimmerte bereits schwach die Präsenz ihres ungeborenen Kindes. Die kleine Seele hungerte nach Zuneigung, nach Aufmerksamkeit und nach der Berührung anderer Lebewesen.

Fasziniert ließ Tyne die neue Seele gewähren. Es gab kein Wundermittel, das ihre Erinnerungen zurück bringen würde, jedenfalls keines, von dem er wusste. »Du dürftest nicht existieren. Nicht, wenn es nach dem Himmel geht. Das Gesetz verbietet eine Vermischung von Engeln und Dämonen. Und ...« Er brach ab. Die meisten Engel waren nicht wie er. So hilflos wie sie ihn ansah, brachte er es nicht übers Herz ihr zu sagen, was sie mit ihr tun würden, wenn sie Tris in die Finger bekämen. Und allein das, was bei diesem Gedanken in ihm hochkochte, ließ Jehudiel knurren. »Halt dich zurück, Kleiner. Genau so hat Camael angefangen. Der Himmel ist vielleicht nicht perfekt, aber verdammt noch mal besser als die Hölle.«

Tyne zuckte zusammen. Jehudiel war einer der wenigen Engel – Erzengel – die fluchten und Worte aussprachen, bei denen andere schwiegen. Jehudiel war nie jemand gewesen, der um den heißen Brei herumredete. Aber im Augenblick gab es wichtigeres. Zum Beispiel die Aura von Tris. Die leichte Berührung war für ihn gut spürbar gewesen. Und er erwiderte sie, indem er ihr erneut sanft über den Rücken strich. »Sie können nicht alle sein wie ich. Ich bin bereits ein … Sonderfall.« Jehudiel brummte. »Worauf unser Kronprinzchen einen lassen kann.«

»Ich erinnere mich!«, stöhnte Tris plötzlich erneut auf und fasste sich an die Stirn. »Camael. Er … er war mein Schutzengel?« Verwirrt blickte sie zu Tyne. »Warum ist er nicht hier, wenn er mich doch beschützen soll? Warum bist du mein Beschützer? Wie kann ein Kronprinz mein Beschützer sein … und nicht er?«

Verwirrt starrte Mina Jehudiel an. Ihre Brust hob und senkte sich viel zu schnell. Immer noch sah sie die Bilder des Todes aus ihrem Traum vor sich. Ihr Blick war glasig, abwesend und ihre Augen füllten sich mit Tränen. »Du hast schlecht geträumt«, hörte sie Jehudiel sagen. Doch sie war wie gelähmt, sah einfach durch ihn hindurch. Eine einzelne Träne löste sich aus ihrem Augenwinkel, als sie erkannte, wessen Tod sie gesehen hatte. Doch anstatt im Gewebe ihres Oberteils zu versickern, perlte sie über den Stoff, fiel zu Boden und kullerte als gläserner Tropfen bis vor Jehudiels Füße. Eine ganze Weile saß Mina schweigend in dem Lager aus Kissen. Erst nach und nach beruhigte sich ihr Atem und ihr Blick wurde wieder klar. »Was ist passiert?«, fragte sie sichtlich verwirrt, als hätte sie von alledem nichts mitbekommen.

Jehudiel erhob sich nun doch langsam. Das hier war äußerst seltsam. Menschliche Tränen verwandelten sich doch nicht in Glas! Mit wachsamem Blick hockte er sich vor Mina hin und betrachtete sie ernst. »Das ist eine gute Frage. Was hast du geträumt?« Minas Blick folgte den Bewegungen Jehudiels. Und als er sich neben sie kniete, sah sie ihm tief in die Augen. Sie wusste, dass es sein Tod gewesen war. Doch sie konnte, sie durfte es ihm nicht sagen! Es war nicht ih-

re Aufgabe, den Tod eines Engels zu verkünden …
nur ihre Last, es zu wissen. Niedergeschlagen senkte
sie den Blick und starrte auf einen Punkt zwischen ihren Füßen. Jehudiels Duft umhüllte sie und gab ihr
das Gefühl endlich wieder sicher zu sein. Vielleicht
war das der Grund dafür, warum sie all ihren Mut zu-
sammennahm, ihren Blick hob und Jehudiel wieder
in die Augen sah. »Ein Feuerregen ging auf die Stadt
nieder. Ein großer Kampf zwischen Himmel und Erde. Alles brannte und kämpfte. Unzählige Engel
und …« Sie schüttelte den Kopf. »Ich weiß nicht was
es war, aber keine Dämonen, obwohl sie ihnen sehr
ähnlich gewesen sind.« Schweigend lauschte er ihrer
Erzählung. Es kam ihm vertraut vor, was sie da sagte.
Nicht unbedingt der Inhalt, aber die Art, wie sie es
sagte. Die Gewissheit darin und dann dieser Blick …
Das war nicht einfach nur ein schlechter Traum gewesen. Tröstend zog er sie an sich.

Zitternd lag Mina in Jehudiels Armen. Doch das
schlechte Gefühl wollte einfach nicht weichen. Es fraß
sich geradezu in ihre Eingeweide. Etwas stimmte ganz
und gar nicht. Das spürte sie tief in ihrem Herzen. Sie
wusste es, weil sie die Bilder sah und die Kälte fühlte,
die sich in ihrer Brust ausbreitete. Und dann schlug
die Gewissheit bei ihr ein wie ein Blitz. »Es hat be-

gonnen«, flüsterte sie verzweifelt an Jehudiels Brust. »Es regnet Feuer …« Minas Atmung beschleunigte sich. So sanft sie konnte legte sie ihre Hände an Jehudiels Wange und sah ihn aus milchig-glasigen Augen an. Wenn er genau hinsah, konnte er den Feuerregen in Minas Augen erkennen, ja, sogar die kämpfenden Engel! »Bitte geh nicht!«, flehte sie ihn an. »Bleib hier! Du darfst ihrem Ruf nicht folgen!« Erst jetzt wurde ihr bewusst, dass sie die ganze Zeit über den Ruf nach Vergeltung um Jehudiel herum abgeschirmt hatte. Irgendwie schien es Teil ihrer Gabe zu sein, die Fähigkeiten der Erzengel blockieren zu können. Aber das ging jetzt nicht mehr. Und sie hatte keinen blassen Schimmer, warum. Ein Zittern erfasste Minas Körper. »Ich habe den Tod eines Engels gesehen«, flüsterte sie. Erneut sammelten sich Tränen in ihren Augen. »Dein … En … Aahhh!« Weiter schaffte sie es nicht. Ein gleißender Schmerz schoss durch ihren Kopf und lähmte ihre Gedanken. Mina war unfähig, weiterzusprechen.

Jehudiel knurrte dunkel und hüllte Mina schützend in seine Flügel. Seinen Tod … Es gab nur eine Erklärung dafür, warum sie ihm das kaum hatte sagen können, und die gefiel ihm ganz und gar nicht. »Du bist hellsichtig«, stellte er grimmig fest. Das kam inzwischen ausgesprochen selten vor. In den letzten Jahrhunderten hatte die Menschheit ihren Bezug zum Übersinnlichen beinah gänzlich verloren. Das Gefühl fraß sich nicht nur in Minas Eingeweide, sondern auch in seine. Nur war es bei ihm etwas anders geartet. Ja, es hatte begonnen. Die Wucht, mit dem ihn die vielen, potenzierten Wünsche nach Vergeltung trafen, ließ selbst ihn überrumpelt keuchen. Es regnete Feuer … Er sah das Bild in Minas Augen. Er hörte ihre Bitte, aber … »Ich kann nicht!« Wie auch immer es möglich gewesen war, dass der Ruf nach Vergeltung ihn nicht erreicht hatte, es funktionierte nicht mehr. Jetzt traf es ihn umso stärker. Zerrte an seiner Selbstbeherrschung und zwang ihn letztendlich dazu, den Ort aufzusuchen, der vor Vergeltungsdrang nur so pulsierte. Jehudiel löste sich von Mina und schob sie von sich, mit sich selbst hadernd. Der Drang zur Erde hinabzufliegen tat fast körperlich weh. Mit jeder Sekunde, die er es hinauszögerte, schmerzte es mehr. Und doch ließ Minas Prophezeiung ihn zögern. Wenn das sein Tod war, würde er Mina nie wiedersehen. Niemanden der hier Anwesenden …

***

Sariel sah ihren Onkel dankbar an, als er sie auffing und zum Sofa trug. Momentan fühlte sie sich noch zu geschwächt und ihre Knie wollten ihr Gewicht einfach nicht tragen. Auf Michaels Andeutung hin langsam nickend lehnte sie sich auf dem Sofa zurück. »Ich weiß. Die Königin darf dieses Mädchen niemals finden. Das Ganze ist komplizierter als gedacht. Sie trägt eine zweite Seele in sich.« Schweigend sah er seine Nichte an. Doch in seinen Augen flackerten die Schatten böser Vorahnungen auf. »Bist du dir sicher, Sariel?«, hakte er nach. »Wenn du recht hast, bedeutet das, dass Tris …« Michael schloss die Augen und seufzte leise. »Dass sie Camaels Kind in sich trägt.« Wut flackerte in seinen Augen, als er sie wieder öffnete und die Hände zu Fäusten ballte. »Dieser Bastard. Dieser kaltherzige, verdammte Bastard!«, fluchte er, stand auf und wandte sich schimpfend von Sariel ab.

»Wie weit, was schätzt du, war die Seele seines Kindes?«, fragte er nach einer Weile. Sariel ahnte, worauf Michael hinauswollte. Konnte Camael wissen, dass Tris ein Kind von ihm erwartete? Insgesamt machte das die ganze Situation nur noch komplizierter. »Wir sollten den Anderen Bescheid geben, dass Tris schwanger ist. Was meinst du?« Fragend wandte er sich zu Sariel um und der Schmerz in seinem Blick war ein deutliches Zeichen dafür, dass er innerlich mit sich kämpfte. Sariel runzelte die Stirn und schenkte Michael einen Blick, der soviel wie *Meinst du das wirklich ernst?* sagte. Sie hatte sich noch nie geirrt, was diese Dinge anging. Immerhin war sie nicht umsonst Heilerin. »Es ist noch nicht alt. Und Camael … Ich weiß nicht, wie kaltherzig er wirklich ist. Du weißt, er war einmal einer von meinen Männern. Er kann es noch nicht wissen. Noch …« Michaels Frage hatte durchaus ihre Berechtigung. Aber sie war sich nicht sicher, ob man den Anderen wirklich sagen sollte, dass Tris schwanger war. »Tris selbst sollte es allerdings erfahren.« Sariel seufzte und Michael trat zu ihr an das Sofa. »Ich werde es ihnen sagen, sobald wir eine Möglichkeit dazu haben. Wenn ich Tyne und den anderen jetzt folge, führe ich Jophiel direkt zu ihnen. » Er hatte recht. So leicht ließ die Königin sich nicht von ihren Plänen abbringen. Doch die Zeit drängte. Michael war schon viel zu lange von seinen Truppen ferngeblieben. Er musste zurück zur Erde.

»Ich habe kein gutes Gefühl dabei, wenn du nach allem, was bisher geschehen ist, alleine hierbleibst. Aber ich muss zu meinen Truppen zurück, bevor meine Abwesenheit das Misstrauen der Männer weckt.« Michael wollte Sariel nur ungern alleine hier zurücklassen. Sie jetzt mitzunehmen, wäre jedoch zu auffällig.

Aber hatte er eine andere Wahl? Die einzige Möglichkeit für ihn wäre, jeden seiner verletzten Männer hierher zurückzubegleiten, damit Sariel sich um ihre Wunden kümmern konnte. So würde er sich wenigstens hin und wieder davon überzeugen können, dass es ihr gut ging. Allerdings waren seine Männer so gut ausgebildet, dass wohl kaum einer von ihnen schwer genug verletzt werden würde. Mit einem Seufzen verwarf Michael seinen Plan wieder. »Harviel ist in der Nähe. Wenn etwas ist, ruf sie!«, bat Michael, bevor er seine Schwingen ausbreitete und Sariel zum Abschied auf die Stirn küsste. Sie lächelte müde. Harviel. Kein Wunder, dass Michael sie vorschlug, aber … nicht unbedingt effektiv. Sie sah ihm nach, als er verschwand und seufzte leise. Allerdings gab es noch eine andere Möglichkeit, um für Sariels Sicherheit zu sorgen. Eine etwas zeitaufwendigere Angelegenheit, dafür aber nicht weniger erfolgversprechend.

Kapitel 5

Als es diesmal an Sariels Tür klopfte, war sie schneller auf den Beinen. Gleich darauf hörte man ein schmerzerfülltes Keuchen, gefolgt von einem dumpfen Aufprall. »Euer Hoheit! Lady Sariel! Eure Stadt – sie brennt lichterloh! Michael ist in Gefahr!« Dann war es still hinter der geschlossenen Tür. Die schmerzerfüllten Laute versetzten sie in Alarmbereitschaft – und die Nachricht. Sie mochte blass gewesen sein, aber beim Anblick des geschundenen Engels am Boden vor ihrer Tür und dessen Worten gefror ihr das Blut zu Eis. Blutüberströmt, die Flügel völlig zerfetzt und mit Brandspuren übersät, sah er aus seinem rußverschmierten Gesicht zu ihr auf. »Herrin ... Ihr müsst ... Euch beeilen!«

 Ihre Stadt. Seattle war nicht wirklich *ihre* Stadt. Sie gehörte ihr nicht, aber Sariel war in gewisser Weise für sie zuständig. Jeder Erzengel bewohnte seine eigene Lieblingsstadt, in der er eine Residenz auf der Erde besaß. Und das war für Sariel eben Seattle. Hin und hergerissen zwischen dem Ruf, den die vielen Verletzten ihrer Stadt auf sie ausübten und dem hilflosen Engel zu ihren Füßen, zögerte sie einen Moment lang. Doch Sariel konnte nicht widerstehen; der Schmerz den sie spürte, wenn sie den Ruf ignorierte, war einfach zu groß. Mit einem mulmigen Gefühl im Bauch pfiff sie ihre kleine Marmorfischeule heran, die sich zu einem kurzen Nickerchen in ihr Nest zurückgezogen hatte und flüsterte ihr etwas ins Ohr. Die Eule flog los, bevor Sariel sich zu dem Engel hinkniete. »Halte durch. Raphael ist auf dem Weg. Das hast du gut gemacht. Ich danke dir!« Sie hauchte ihm einen Kuss auf das Haar und eilte zurück in ihr Haus. Obwohl sie immer noch nicht vollkommen erholt war, legte sie ihre leichte Rüstung an, griff nach dem Beutel mit Heilkräutern und verschwand in Richtung der Portale.

Als sie auf der Erde ankam, schwebte Sariel über einer brennenden Stadt. Entsetzt sah sie auf das Chaos hinab. All diese Engel ... die Menschen ... Was war hier geschehen? Und wer war dafür verantwortlich? Sariel selbst hatte den Krieg bisher nie erlebt. Was sie als kleines Mädchen mitbekommen hatte, war lediglich die Kunde vom Tod ihrer Mutter; Harviels Verletzungen, als diese die kleine Sariel beschützt hatte, waren lebensgefährlich gewesen und ... Rasch verdrängte sie die Erinnerungen an diesen Tag. Nie zuvor hatte sie ein solches Ausmaß an Zerstörung gesehen. Der Anblick der sich ihr bot, ließ sie frustriert und erschöpft seufzen. Doch es half alles nichts. Sie musste Michael finden. Zu vieles hing von ihm ab.

»MICHAEL!«, rief sie so laut sie konnte über den Kampfeslärm hinweg. Aber wo sollte sie anfangen zu suchen? Zwar versuchte sie seiner Aura zu folgen, doch die Auren der vielen Sterbenden, der Leidenden, zehrten an ihr und ihrer Kraft. Sich auf einen Einzelnen zu konzentrieren, war schlichtweg unmöglich.

»MICHAEL!«

***

Endlich! Endlich war es soweit. Schon bald würde Sariel ihm gehören. Aus der Ferne beobachtete Seth das Wirken seiner Drachenkrieger und labte sich an den Bildern der Zerstörung. Geduldig harrte er der Ankunft seiner höchsten und kostbarsten Errungenschaft. Seth musste nicht einmal so lange warten, wie er befürchtet hatte, denn er erblickte sie schon von weitem. »Sariel …«, andächtig flüsterte er ihren Namen und beobachtete erwartungsvoll ihre Ankunft. Prüfte mit seinem scharfen Blick ihre Kraft und Konstitution. Sariel war eine ernstzunehmende Größe. Doch allem Anschein nach nicht gerade in Höchstform. Ihre Aura wirkte angeschlagen. Das würde seinen Plan vereinfachen. Ein selbstzufriedenes Schmunzeln huschte über Seths Lippen, während er seinen Männern Anweisung gab, sich mit vereinter Feuerkraft auf Sariels Residenz zu stürzen. Zwei Dutzend Drachenkrieger lösten sich aus ihrer Formation über Seth und begannen damit, ihr zerstörerisches Feuer auf Sariels geliebtes Zuhause zu speien. Zufrieden wandte er sich ab und den Menschen auf der Erde unter ihm zu. Schon von weitem hörte er das ängstliche Weinen und Schreien des kleinen Mädchens, das sein treuer Krieger Thyron für ihn gefangen hielt. Erwartungsvoll sah er zum Himmel hinauf. Asche regnete auf sie nieder und legte sich als graue Decke auf Dächer, Straßen und Autos. Doch das störte ihn nicht. Erneut suchte sein Blick den Himmel nach *ihr* ab, gespannt darauf, wie *seine* Sariel reagieren und das kleine Mädchen retten würde.

Sariel sah das Feuer, das auf ihre Residenz niederregnete. Es handelte sich um das Penthouse eines großen Wolkenkratzers. Die Wohnung selbst kümmerte sie nicht einmal wirklich, aber die Menschen darunter sehr wohl. All diese Leute! Verzweifelt stieß sie hinunter zu den Flammen, als sie in der Nähe das Weinen eines kleinen Mädchens hörte. Mitten im Sturzflug legte sie eine Vollbremsung hin, breitete ihre Flügel aus und suchte den Himmel nach dem Kind ab. Den

Schmerz, der dabei durch ihre Flügel schoss, ignorierte sie mit zusammengebissenen Zähnen. Die Spitzen ihrer Flügel flammten zornig bronzefarben auf, als sie Thyron entdeckte und wütend auf ihn niederstieß. Vollkommen unbewaffnet. Niemand vergriff sich an ihren besonderen Schützlingen. Der Seele eines ihrer Kinder. Wenn doch Michael nur an ihrer Seite wäre!

Genau da wollte er sie haben. Sariel flog direkt in seine Falle! Geschwächt und überladen mit Emotionen, die ihr rationales Denken aushebelten. Seth stieß sich vom Boden ab, schoss hoch in die Lüfte und verwandelte sich noch im Flug in seine hochherrschaftliche Urgestalt. Hoch über den Wolken vollführte er eine elegante Wendung und ließ sich mit eng angelegten Flügeln im Sturzflug hinter Sariel her fallen. Unaufhaltsam holte Seth auf und kam ihr immer näher. Plötzlich breitete er seine riesigen Schwingen aus um den Sturzflug zu bremsen und umschloss Sariels Leib schließlich samt ihrer Flügel mit einer seiner mächtigen Klauen. Es dauerte nicht einmal eine Sekunde. Von einem Moment zum anderen hatte er sie gepackt und hielt sie fest umschlossen. Im letzten Augenblick schaffte Sariel es, ihre Flügel zu verbergen. Nicht auszudenken, was für einen Schaden diese riesige Klaue an ihren zarten Schwingen angerichtet hätten. Sariel kämpfte darum sich zu befreien. Die Orientierung zu behalten. »Ich habe einen Deal für Euch … Hoheit!«, erklärte Seth mit tiefer Stimme. »Ich ziehe alle meine Krieger auf der Stelle zurück und auch dem kleinen Menschenkind wird nichts geschehen, wenn ich *Euch* dafür bekomme!«

Er knurrte und gab Thyron ein Zeichen. Dieser legte eine seiner messerscharfen Krallen an den Hals des kleinen Mädchens und wartete auf ein weiteres Zeichen von seinem Herrn. »Überlegt es Euch gut, Sariel! Ihr könntet so viele Leben retten. So viele unschuldige Kinderseelen«, warnte er und versuchte dabei gezielt an ihr Mitgefühl zu appellieren. »Also? Wie entscheidet Ihr Euch?«

Panisch sah sie sich um und konnte doch nicht genug erkennen. Da war diese Stimme. Düster. Dunkel. Mit einer Forderung, die ihr Herz bluten ließ. Sie konnte nicht ablehnen. Kein Engel dieser Welt, der auch nur im Ansatz an seinen Prinzipien festhielt, hätte sich widersetzen können, wenn so viel auf dem Spiel stand. Auch nicht, obwohl sie ganz genau wusste, was geschehen würde, sollte ein Dämon sie in seine Finger bekommen. Ihr Opfer für diese Menschen war wichtiger, als ihr eigenes Leben. Was für ein Engel der Heilung und Schutzpatron der Kinder wäre sie sonst?

»Wer garantiert mir, dass du dein Wort hältst? Das Mädchen freilässt und deine Krieger tatsächlich zurückrufst?« Wenn sie eines gelernt hatte, dann, dass man sich auf das Wort eines Dämons nicht verlassen konnte. »Ihr seid immerhin nicht gerade bekannt dafür, euch an Abmachungen zu halten, Dämon!«, verkündete sie so selbstbewusst, wie es die Situation gerade zuließ. Schallendes Gelächter vibrierte durch den Körper des riesigen Wesens, das sie gefangen hielt und schüttelte sie dabei unsanft durch. »Was … gibt es da … zu lachen?«, protestierte sie atemlos und kam sich auf einmal völlig albern vor.

»Ein Dämon …« Seth lachte erneut dunkel auf und schnaubte dann verächtlich. »Was haben sie euch in den letzten Jahrhunderten im Himmel eigentlich beigebracht?«, fragte er und wirkte tatsächlich ein wenig enttäuscht darüber, dass Sariel nicht erkannt hatte, wer er war. »Ich bin ein Drache! Ein Drachenfürst, um genau zu sein«, schloss er missgelaunt Sariels Bildungslücke, ließ sich mit ihr auf dem Dach eines Rohbaus für ein anderes Penthouse nieder und gab sie frei. Sariel war nicht so naiv zu glauben, dass sie diesem *Drachen* einfach so entkommen könnte. Neugierig blickte er auf sie herab und neigte seinen großen Kopf, um sie besser aus einem seiner goldbraunen Augen mustern zu können. Kleine Rauchschwaden stiegen aus seinen Nüstern und kräuselten sich immer höher bis sie sich schließlich auflösten. »Also ...«, rief er Sariels Gedanken ins Hier und Jetzt zurück und tippte ungeduldig mit einer Kralle auf die noch frische Betonfläche. Genervt und ein wenig trotzig sah sie zu ihm auf. Verschränkte ihre Arme vor der Brust und warf ihm aus schmalen Augen einen abschätzenden Blick zu. Seth erwiderte ihn mit erhobener Braue und einem siegessicheren Schmunzeln. »Hmmm ...«, brummte er amüsiert. »Verstehe ... eine Rebellin. Nun, wenn das so ist, muss ich wohl etwas nachhelfen!« Mit einer knappen, aber eindeutigen Bewegung einer Kralle quer über seinen Hals bedeutete er Thyron, das kleine Mädchen zu töten.

Sariels Augen weiteten sich. Schockiert streckte sie ihre Hände nach dem Mädchen zwischen den Häusern unter ihnen aus und schrie entsetzt auf. »STOPP!« Das Herz schlug ihr bis zum Hals. Gerade noch rechtzeitig hielt Thyron in seiner Bewegung inne. Vor Schreck wurde selbst das kleine Menschenkind ganz still. Reglos hing es in Thyrons Armen und wagte nicht mehr, auch nur einen Mucks von sich zu geben. »Ich tue es! Ich bin einverstanden.« Resigniert senkte Sariel ihren Blick und gab sich geschlagen. Als

Zeichen ihrer Kapitulation reichte sie Seth ihre Hände und den kleinen Dolch, den sie bisher geschickt im Schaft ihres Stiefels versteckt gehalten hatte. Mutig trat sie auf ihn zu, hob ihr Kinn an und straffte die Schultern. »Und nun halte dein Wort! Lass das Mädchen frei und zieh deine Krieger zurück.«

Unbändige Freude erfüllte Seths Gemüt. Er hatte, was er wollte. Endlich! Nach all den Jahrhunderten der Geduld war der richtige Augenblick gekommen, seine Macht zu demonstrieren. »Lass sie gehen!«, befahl er Thyron, woraufhin dieser das Mädchen losließ. Völlig verstört wagte es erst einmal nicht, sich zu bewegen. Es kauerte auf dem Boden unter dem großen Drachenkrieger und weinte leise vor sich hin. »Sorg dafür, dass sie heil zu ihren Elten zurück kommt. Dann zieh deine Krieger zurück. Ich breche sofort auf!« Mit diesen Worten erhob Seth sich mit seiner süßen Last in die Lüfte und flog davon.

***

Wohin Michael auch blickte, überall wurde gekämpft. Feuerbälle regneten auf die kämpfenden Engel und die flüchtenden Menschen unter ihm herab.

Schwarze Rauchschwaden verdunkelten weite Teile der Stadt. Von überall her hörte man Sirenen und panische Schreie. Michael wollte gerade zu einer kleinen Menschengruppe auf die Erde fliegen um zu helfen, als er seinen Namen hörte. Wachsam hob er den Kopf. »Sariel?« Rasch schwang er sich wieder hinauf in die Wolken, weg von den hilflosen Menschen. Sah sich zu allen Seiten nach Sariel um, bis ein markerschütterndes Gebrüll die Luft zum Vibrieren brachte und Michael zur Notlandung auf dem Dach eines Hochhauses zwang. Etwas streifte sein Bewusstsein. Eine ihm irgendwie vertraute Präsenz, die er allerdings seit sehr langer Zeit nicht mehr wahrgenommen hatte. »Komm heraus und zeig dich!«, brüllte er mit weit geöffneten Armen; seine strahlend weißen Flügel mit den kupferfarbenen Spitzen zu voller Größe entfaltet. Doch nichts geschah. Mit zusammengekniffenen Augen suchte er ein letztes Mal den Himmel ab. Er war sich sicher, dieses Brüllen schon einmal gehört zu haben. Vor einer gefühlten Ewigkeit. Leider bekam er die Erinnerung nicht mehr zu fassen. Die einzige Möglichkeit, die ihm jetzt noch blieb, war der Spur, die diese Präsenz zurückgelassen hatte, zu folgen.

***

Mina erkannte, dass Jehudiel dem Ruf nach Vergeltung nicht widerstehen konnte, ohne dass es ihn schmerzte. Was sie aber nicht begreifen konnte war, warum sie so für den eigentlich furchteinflößenden Engel empfand. Sie fühlte eine Verbindung zu ihm, wie zu keinem anderen. Sie suchte seine Nähe, brauchte sie. Doch nicht in der Form, wie es Liebende taten. Nein, bei ihr war es etwas Elementares. Als wäre ihr Schicksalsfaden ganz eng mit seinem verwoben. Nur, warum das so war, darauf konnte sie sich keinen Reim machen. Wenn Jehudiel jetzt ging, würde sie es vermutlich niemals erfahren. Instinktiv nahm sie seine Hand, in der er immer noch ihre Träne hielt, ergriff vorsichtig den schillernden Tropfen, legte ihn in ihre eigene Handfläche und pustete sacht darüber. Die kleine Träne begann zu leuchten, hob sich von Minas Hand und schwebte auf Jehudiel zu. Verweilte einen kurzen Moment vor seiner Brust über seinem Herzen, durchdrang dann seine Haut und verschwand. »Sie wird dich beschützen«, flüsterte Mina leise und küsste den dunklen Engel sanft auf die Lippen.

Jehudiel konzentrierte sich krampfhaft darauf nicht zu reagieren; dem Ruf zu widerstehen. Und doch zwang es ihn beinah in die Knie. Mina zuliebe bemühte er sich darum, weiterhin beherrscht und ruhig auszusehen. Er verstand nicht, was Mina da genau tat. Aber als die Perle in seiner Brust verschwand, spürte er die Wärme, die von ihr ausging. Und dann diesen sanften Kuss ... Es war einige Jahrhunderte her, seit er zuletzt so geküsst worden war. Die Küsse, die er kannte, waren mit Leidenschaft gefüllt, mit Sex und Verlangen. Dieser Kuss besaß nichts davon. Und er konnte nicht einmal sagen, ob das gut oder schlecht für ihn war. Nach einem kurzen Zögern zog er Mina zu sich heran und drückte seine Lippen flüchtig auf ihr Haar, nur um daraufhin wortlos zu verschwinden.

Tief in ihrem Inneren wollte etwas zerbrechen, als Jehudiel sich ohne ein Wort des Abschieds von ihr abwandte und ging. Ihr Herz schmerzte. Ihre Seele protestierte, doch durch die kleine gläserne Träne, die ihn bewachte, fühlte sie, was er fühlte. Sie würde wissen, wenn ihr Zauber versagte, wenn sein Herz aufhören würde zu schlagen und er starb. Jeden Atemzug, jeden Herzschlag von ihm spürte sie in ihrer eigenen Brust.

Alles was sie tun konnte, war zu beten und zu hoffen. Sie war ... Ja, was war sie eigentlich? Konnte sie diesen Ort verlassen, wenn er ihre Hilfe brauchte? Oder war sie daran gebunden und könnte nicht einmal versuchen, seinen Tod abzuwenden? »Bitte komm zu mir zurück, Jehudiel! Bitte …«, flehte sie leise.

Jehudiel stieß genau in dem Moment durch die Wolken auf die Erde hinab, als Seth auf Sariel niederstürzte. Ungläubig verfolgte er das Schauspiel, die riesenhaften Krallen, die sich dort um den vergleichsweise zarten Engelskörper legten. Warum war sie hier? Warum war eine Heilerin, jemand, der nun wirklich nicht kämpfen sollte – wenngleich sie es im Notfall durchaus konnte – hier mitten im Kampfgetümmel? Im selben Augenblick, als er sich diese Frage stellte, wurde ihm bewusst, dass er die Antwort darauf bereits kannte. Ihr weiches Herz. Ihr Mitgefühl hatte sie hergetragen; die leidenden Menschen dort unten auf den Straßen, die Engel, die unter dem Feuerregen fielen. Genau wie ihn der Wunsch nach Rache hergetrieben hatte. »MICHAEL!«, rief Jehudiel. Dieser verdammte Kerl musste doch irgendwo sein! Denn ganz allein würde auch Jehudiel nicht gegen einen Drachen bestehen. Ja, einen Drachen. Jehudiel konnte es selbst kaum glauben. Waren diese Wesen doch im großen Krieg vor mehreren hundert Jahren besiegt und gänzlich vernichtet worden. Vielleicht war es das, was Mina gesehen hatte: Seinen Kampf mit dem Drachen.

Nachdenklich legte Mina Feuerholz im Kamin nach. Sie war allein. Jehudiel war dem Ruf der Vergeltung gefolgt, während Tyne sich mit Tris zurückgezogen hatte. Mina setzte sich auf den kleinen Schemel vor dem Kamin und starrte in die lodernden Flammen, als sich ihr dort plötzlich ein Bild zeigte. Mina blinzelte in das Feuer und versuchte zu erkennen, was sie da sah. Die Kraft, die dieses Szenario auf sie ausübte, bemerkte sie erst, als es zu spät war. Wie von einem Strudel in die Tiefe gezogen, versank Mina in den Bildern, die sich ihr zeigten. Die Luft und das Licht um sie herum veränderten sich. Erschrocken sah sie sich um und erkannte, dass sie sich nicht mehr in der Zuflucht von Jehudiel befand, sondern inmitten eines Kampfes über der Stadt. »Was …?«, rief sie verwirrt aus, als sie einen merkwürdig geflügelten Krieger direkt unter sich bemerkte. Ungerührt sah er zu ihr auf, spannte seinen Bogen und ließ den Pfeil fliegen. Zu spät dämmerte ihr, dass das Geschoss direkt auf sie gerichtet war. Doch da durchschlug es bereits ihre Brust und bohrte sich tief in ihr Herz. Ein erstickter Schrei löste sich aus ihrer Kehle. Blut, rotes Blut quoll über ihre Lippen, rann über ihr Kinn und tropfte ins Nichts. Mina wurde schwarz vor Augen. Dann begann sie zu fallen, spürte wie sie haltlos der Erdoberfläche entgegen stürzte und eine leise Stimme flüsterte ihr zu: *Dein Leben für sein Leben, kleine Hüterin. Für Jehudiel.*

Jehudiel bemerkte den Pfeil zu spät. In dem Moment, als er ihn endlich entdeckte, war er bereits von der Sehne gelassen und schnellte genau auf sein Herz zu. Er versuchte noch auszuweichen, aber nichts geschah. Jedenfalls nicht so, wie er es erwartet hatte. Der Ruck, der durch seinen Körper ging, war dennoch vernichtend und er brüllte auf. Doch da war kein Blut, als er an sich hinunterstarrte. Schmerz, ja, aber …

Verwirrt betrachtete er seine Brust; die völlig unversehrte Rüstung. Der Pfeil war fort, aber eingebildet hatte er sich das nicht, da war er sich absolut sicher. Er fühlte immer noch den Schmerz, aber – wie konnte das sein? *Mina!* Die Erkenntnis traf ihn wie ein Schlag. Jehudiel verschwand in einem Regen aus violettem Engelsstaub und hinterließ am Himmel eine zornig aufleuchtende Glyphe – ein wahres Leuchtfeuer für die erstaunten Zuschauer. Als Jehudiel die Zuflucht erreichte, lag Mina bereits reglos vor dem Kamin. Ihre Haut war fahl, beinah grau und fühlte sich kalt an. Das Blut auf ihren Lippen trocknete bereits. Nur um die Stelle über ihrem Herzen, dort, wo der Pfeil eingedrungen war, gab es noch eine feucht glänzende Stelle. Die feuerroten Locken schmiegten sich an ihren Körper wie ein Heiligenschein aus dunkelrotem Blut. Doch an diesem Anblick war nichts Heiliges mehr. Ihr Herz, von diesem Pfeil durchbohrt, hatte aufgehört zu schlagen und das Leben rieselte unaufhaltsam aus ihrem Leib. »Mina!« Fluchend ließ er sich neben ihr auf ein Knie fallen, zog ihren schlaffen Körper in seine Arme und drückte sie vorsichtig an seine Brust. Es gab nichts, was ihr jetzt noch helfen konnte, es sei denn, es geschah ein Wunder. Sariel war fort. Er hatte gesehen, wie sie fortgebracht worden war. Was für eine Wahl blieb ihm noch? Was für eine Wahl war Tyne vorhin geblieben, als Mina sich mutig vor ihn geworfen hatte, um ihn zu beschützen? Sie würde sterben … Zum zweiten Mal hatte sie ihr Leben für einen Engel riskiert. An einem einzigen Tag!

»Wag es ja nicht zu sterben!«, befahl er mit vor Verzweiflung rauer Stimme. Er konnte nur hoffen, dass Raphael heute einen seiner guten Tage hatte.

***

»Camael ist ein Gefallener. Er ist nicht mehr dein Schutzengel; er war es nie, nicht wirklich. Er hat sich vielleicht selbst als dein Schutzengel eingesetzt, aber … Wir wussten nichts von dir; wir hätten zumindest von dir wissen müssen, um dir einen Schutzengel geben zu können«, meinte Tyne. Was hatte Camael ihr nur erzählt? »Ich habe dich gefunden, deshalb passe ich auf dich auf.«

Verwirrt lauschte Tris seinen Worten. »Alles was er mir gesagt hat, war gelogen? Aber …« Tris stockte der Atem. Waren die Gefühle, die Liebe und die Leidenschaft, die er ihr entgegen gebracht hatte, etwa alles nur Lügen gewesen? Sämtliche Farbe wich aus Tris' Gesicht, während ihr die Tragweite dessen, was sie soeben gehört hatte, bewusst wurde. »Nein …«, keuchte sie und fiel auf die Knie, als eine Flut von Bildern und Erinnerungen über sie hereinbrach und sie mit sich fort riss. Plötzlich verfärbte sich Tris' Haar an den Spitzen. Schleichend wich das prächtige Schwarz einem silbrigen Weiß. In ihren saphirblauen Augen flackerten dunkle Schatten des Schmerzes. Erschöpft ob der Erkenntnis ließ sie sich auf die Hände fallen, schloss ihre Augen und weinte still vor sich hin. »Was habe ich getan? Was bin ich für ein … Monster?«, flüsterte sie, als sie begriff, dass sie für den Tod ihrer Tante verantwortlich war. Der einzigen Verwandten, die sie noch gehabt hatte.

Die Veränderung war mehr als deutlich sichtbar. Wachsam beobachtete Tyne Tris. Legte behutsam einen Arm um ihre Taille und strich ihr sanft über den Rücken. »Ist schon gut. Er … vielleicht war nicht alles gelogen. Aber er war nicht dein Schutzengel. Es kann sein, dass er dich wirklich gemocht hat.«

Auch wenn es nicht sehr wahrscheinlich war; Tyne kannte Camael. Er hielt sich nicht mit Frauen auf. »Es ist nicht deine Schuld. Er hat dich als sein Werkzeug benutzt.« Tris schüttelte den Kopf, dass ihre Haare nur so flogen. »Doch, ist es! Ich habe ihm geglaubt. Habe mich von ihm locken lassen. Ich … ich habe sie umgebracht! Ihre …«, sie schüttelte den Kopf und sah Tyne voller Schrecken an. »Ihre Seele oder was immer das war – verschlungen!« Erneut brach Tris in Tränen aus. Ließ sich erschöpft in Tynes Arme fallen und schluchzte immer wieder leise auf, bis sie nach Stunden, in denen er sie geduldig hielt und leise tröstende Worte murmelte, endlich einschlief. Vielleicht war es gut, wenn sie erst einmal schlief. Sie musste viel verarbeiten, zur Ruhe kommen. Und nichts würde ihr so sehr dabei helfen wie ein wenig Schlaf, ein klein wenig Frieden. Gerade jetzt, wo die Welt um sie herum immer chaotischer wurde. Tyne spürte den Tumult auf der Erde ebenso wie jeder andere Engel. Seinen Vater musste der Krieg anziehen wie ein Magnet, wenn selbst er den Drang verspürte zu gehen. Doch er blieb. Es hatte immerhin gewisse

Vorteile *nur* ein Engel zu sein.

Kapitel 6

***

Ihr Herz hatte bereits aufgehört zu schlagen. Eigentlich sollte er akzeptieren, dass es nichts mehr gab, was er für sie tun konnte. Jehudiel brüllte zornig auf; alles in ihm weigerte sich einfach das zu glauben. Wer hätte gedacht, dass der stolze Erzengel der Vergeltung einmal um eine Frau trauern würde ... Ungeduldig und rücksichtslos hämmerte er gegen Raphaels Tür. »RAPHAEL!« Der Geruch von Blut hing schwer in der Luft und Jehudiel hatte nicht übel Lust, dem noch einiges hinzuzufügen, als Raphael nach einer gefühlten Ewigkeit und in aller Seelenruhe die Tür öffnete. Gemächlich betrachtete er die sterbende Mina in Jehudiels Armen mit einem wissenschaftlich interessierten Blick.

»Faszinierend. Ist das ein Dämonenpfeil?«

»Rette sie!«

Raphael hob eine Augenbraue.

»Das da? Wie denn? Sie hat noch eine halbe Minute, eine ganze höchstens, wenn du sehr viel Glück hast. Du kannst es natürlich verkürzen.«

»Ich weiß, dass du ihr helfen kannst!«, entgegnete Jehudiel.

»Da hast du recht. Aber warum sollte ich?« Raphael sah ihn streng an.

»Wenn du ihr hilfst, schulde ich dir einen Gefallen.« Es schien, als ob Raphael tatsächlich eine ganze Weile überlegen musste. Jehudiel kam es vor wie eine Ewigkeit, bis er schließlich nickte und zur Seite trat, damit er die sterbende Mina in sein Haus tragen konnte.

»Beeil dich«, trieb Raphael den Erzengel der Vergeltung nun plötzlich an. Was folgte, entzog sich Jehudiels Kenntnisstand völlig. Er hatte Sariel schon oft jemanden heilen sehen. Aber das hier sah er wirklich zum ersten Mal. Er konnte sich nicht erklären, auf welche Weise Raphaels Blut Mina noch zu retten vermochte. Wie die verschiedenen Tinkturen, die Sprache der Engel mit hineinspielten oder was Raphael da mit seiner Seele bei der jungen Frau bewirkte. Alles was er wusste war, dass er genauso gut einen Pakt mit dem Teufel hätte schmieden können. Aber Mina würde nicht sterben, das war alles, was zählte. Erst recht nicht für ihn. Vor diesem Hintergrund verblasste jeder Zweifel; alles andere verlor an Bedeutung. Zumindest für den Moment.

***

Sie flogen den ganzen restlichen Tag durch, bis tief in die Nacht hinein. Dennoch achtete Seth darauf, dass Sariel es so bequem wie möglich hatte. Als es dunkel wurde, erreichten sie eine kleine Höhle. Dort würden sie die Nacht verbringen und erst am nächsten Morgen weiterfliegen. »Leg dich hin und schlaf! Die Reise ist sicher anstrengend und du bist offensichtlich nicht ganz bei Kräften«, wies er Sariel an, bevor er rasch ein paar Zweige und Laub mit der Kralle vom Felsvorsprung schnippte, damit es angemessen sauber für sie war.

Er hatte was er wollte. Sariel musste sich ihm ergeben. Wenigstens schien er Wort gehalten zu haben. Dennoch wusste sie, dass es alles andere als klug gewesen war, sich in seine Hände zu begeben. Wenn sie nur endlich wüsste, was er mit ihr vorhatte! Einen Erzengel unter seiner Kontrolle zu haben, war schon immer ein Machtinstrument gewesen. Ob es das war, was er von ihr wollte? Immerhin war sie die Kronprinzessin und hatte ein Anrecht auf den Thron. Mondlicht erhellte das weitläufige Gebiet unter ihnen. Dichte Nadelwälder und weite Felder erstreckten sich, wohin das Auge auch blickte. Sterne funkelten am Himmel über ihren Köpfen und verwandelten die Szene vor ihr in ein abstraktes Bild aus im Nachtwind wogenden Schatten und Licht. Blinzelnd sah sie zu Seth auf. Er hatte recht, sie war geschwächt und müde. Dennoch wollte sie wissen, wen sie vor sich hatte. Im Augenblick sah sie nur einen riesenhaften Drachen, der sie durch die Nacht ins Nirgendwo getragen hatte. »Warte. Ich habe mich an deine Bedingungen gehalten. Und das werde ich auch weiterhin. Aber ich möchte zumindest wissen, *wer* genau mich entführt.«

Überwältigt stellte Seth fest, dass nicht einmal das Licht der Sterne mit Sariels Schönheit mithalten konnte. Ihre indirekte Frage ließ ihn schmunzeln. »Wie diplomatisch«, bemerkte er amüsiert und hielt Sariel eine seiner riesigen Krallen hin. »Hätte man Eurem Engelfreund Tyne geglaubt, was er in der Stadt gesehen hat, anstatt ihn zu ignorieren, wüsstet Ihr bereits, wer ich bin«, erklärte er. »Andererseits wart ihr Engel in eurer Überheblichkeit schon immer kaum zu übertreffen – was mir in diesem Fall äußerst entgegen kam.« Natürlich hätte er auch einfach sagen können, wer er war. Aber er hatte so lange auf diesen Moment gewartet, dass er ihn noch ein wenig auskosten wollte. »Mein Name ist Seth. Und was ich bin, habt Ihr sicherlich schon längst erkannt.« Sein mächtiger Kopf neigte sich zu ihr hinunter und man hätte schwören können, dass er ein entzückendes Schmunzeln besaß.

»Wenn Ihr Euch dann besser fühlt, kann ich mich natürlich auch in meine menschliche Gestalt zurückverwandeln.« Erwartungsvoll beobachtete er Sariel.

Die jedoch schwieg. Sie hatte Tyne geglaubt ... Das Problem war nur gewesen, dass sie selbst nicht gewusst hatte, dass es noch Drachen gab. Aber er hatte dennoch recht. Die Engel waren oft zu arrogant gewesen, um zu sehen, was sich direkt vor ihren Augen abspielte. Viel zu oft.

Seth also. Langsam nickte sie und musterte den rotbraunen Drachen so ruhig sie konnte aus nächster Nähe. Was sich selbst für einen Erzengel als schwierig herausstellte, denn im Vergleich zu der riesigen Kreatur war sie einfach nur klein und fühlte sich zerbrechlich. Sein Angebot reizte sie. Vor allen Dingen auch deswegen, weil sie neugierig auf seine menschliche Erscheinungsform war. Die ihr vielleicht weitaus ebenbürtiger sein würde. »Lass mich deine menschliche Gestalt sehen. Vielleicht begegnen wir uns dann etwas mehr auf Augenhöhe.«

Einen Moment lang schaute er sie eindringlich an. Ganz so, als wollte er sich mit diesem tiefgründigen Blick versichern, dass er ihr trauen konnte. Seth nickte stumm und zögerte keine Sekunde länger. In einem scheinbar unangenehmen Prozess verwandelte er seine

Form von einem Drachen in einen Menschen. Schmerz zeichnete sich in der Mimik des Drachen, als ein sanftes Glimmen von seiner Körpermitte ausstrahlte, immer heller wurde und schließlich in tausend kleine Lichtfunken um ihn herum explodierte. In alle Richtungen stoben sie davon und ließen einen nackten, durchaus attraktiven Mann mit dunklen Augen und ein wenig zerzausten, dunkelbraunen Haaren auf dem Boden liegend zurück. Das Schmunzeln auf seinen Lippen ließ ihn irgendwie frech wirken. Pure Bosheit konnte Sariel jedoch nicht erkennen. Entweder, er versteckte diese Seite an sich ausgesprochen gut oder er gab nur vor, ein derart grausamer Drache zu sein. Langsam erhob sich Seth und verneigte sich vor Sariel. »Euer Hoheit, es ist mir eine Ehre.« Er ergriff ihre Hand und hauchte ihr einen Kuss auf den Handrücken. Sariel – sichtlich um Fassung bemüht – widerstand nur mit Mühe dem Drang, der feinen Linie dunkler Haare, die sich unterhalb von Seths Bauchnabel immer tiefer hinab zog, mit ihrem Blick zu folgen. Natürlich bemerkte Seth das Dilemma des weiblichen Engels, was ein noch charmanteres, zufriedeneres Lächeln auf seine Lippen zauberte. Dass er vollkommen nackt vor ihr stand, schien ihn in keinster Weise zu stören.

Sariel würde gegen ihn höchstwahrscheinlich ohnehin nichts ausrichten können, auch jetzt nicht, nachdem er sich verwandelt hatte. Sie hatte bereits versucht sich zu befreien, doch bisher ohne Erfolg. Sein Blick entging ihr nicht. Wie hätte er ihr auch entgehen können? So wie er sie ansah. Sie war ausgesprochen erstaunt darüber, dass sie in diesen vor Schalk funkelnden Augen absolut nichts Böses erkannte. Jedenfalls der Teil von ihr, der nicht gerade rot angelaufen war, weil Seth mit einer Selbstverständlichkeit nackt vor ihr stand, die sie verblüffte. »Es ... Die Ehre ist ganz auf meiner Seite, Seth.«

Ihm entging die leichte Röte auf Sariels Wangen nicht. Auch nicht, dass sie sich noch einmal einen Hauch dunkler färbten, nachdem er ihren Handrücken geküsst hatte. »Ihr habt sicher Hunger«, bemerkte er und deutete mit einer einladenden Geste auf die kleine Feuerstelle, die sich halb im Schutz des Bergvorsprungs befand. »Wenn ich bitten darf.« Ein verschmitztes Lächeln huschte über sein Gesicht, während er darauf wartete, dass Sariel sich einen Platz suchte und setzte. »Wonach steht Euch der Sinn? Möchtet Ihr einen Hasen, ein Huhn oder gar ein Rind zum Abendessen verspeisen?« Erwartungsvoll grinste er sie an.

Oh ja, sie hatte Hunger. Großen Hunger. Deswegen machte sie auch keinerlei Anstalten, sich zu weigern und folgte ihm, als er sie zur Feuerstelle führte. Aus unerfindlichem Grund hatte sie das Bedürfnis sich so zu verhalten, dass es ihm gefiel. Wie konnte ein so grausamer Kerl gleichzeitig derart charmant sein – und dabei auch noch so verflucht gut aussehen? Was erlaubte sie sich eigentlich, sich zu ihm hingezogen zu fühlen? Das tat sie doch, oder? Seth brauchte sie nur anzulächeln und schon flatterten hunderte kleine Schmetterlinge in ihrem Bauch. Sariel kniff die Augen zusammen und biss sich auf die Zunge. Er hatte sie entführt! Einfach so aus der Luft gepflückt, als gehöre sie bereits ihm. Von der Erpressung mal ganz abgesehen und der Tatsache, dass er das Leben eines kleinen, unschuldigen Mädchens für seine Spielchen gefährdet hatte. Wie konnte sie da für diesen Mann auch nur im Geringsten so etwas wie Sympathie empfinden? Vermutlich war sie dabei, verrückt zu werden. Ja, das musste es sein. Sie verlor allmählich den Verstand! Erst als sie weiter darüber nachdachte, fiel ihr wieder ein, was sie über Drachen gelesen hatte. Über ihre unbeschreibliche Anziehungskraft, der man sich nur sehr schwer widersetzen konnte. Insbesondere die ungebundenen Drachen waren berüchtigt dafür, ihr Gegenüber mit Hilfe natürlicher Magie in ihren Bann zu ziehen. »Ich … Ganz ehrlich? Aber sicherlich hast du auch Hunger, Seth.«

Er lächelte immer noch, vielleicht eine Spur herzlicher als zuvor. Sariel hatte recht, auch er hatte Hunger. Ein einzelnes Huhn würde ihm jedoch bei weitem nicht reichen. Ihre Frage ließ ihn über das Feuer hinweg zu ihr hinsehen. Einen Moment lang musterte er sie intensiv. Das Lächeln auf seinen Lippen verebbte und sein Blick wurde um so eindringlicher, feuriger. Schließlich erhob er sich und stellte sich an den Rand des Felsvorsprungs. »Versuch gar nicht erst, von hier zu fliehen. Wir befinden uns bereits auf meinem Land. Und meine Drachenkrieger sind überall.« Mit diesen Worten stürzte er sich in die Tiefe, nur um Sekunden später in Drachengestalt wieder aufzutauchen.

Sie wusste, eine Flucht war zwecklos. In ihrem geschwächten Zustand und ohne Orientierung würde sie sonstwo landen, aber sicherlich nicht dort, wo sie hin wollte. Seufzend ließ sie sich in ihrer Engelsgestalt auf den Boden der Höhle sinken und sah Seth dabei zu, wie er entschwand. Vielleicht hätte sie mitfliegen sollen. Aber sie war so müde …

Seth jagte durch die Nacht, auf der Suche nach Nahrung für seinen Gast und sich selbst. Tatsächlich fand er eine Kuh, entschied aber, sie gleich an Ort und Stelle zu fressen. Er konnte sich nur schwerlich vorstellen, dass Sariel ihm gerne dabei zugesehen hätte, wie er vor ihren Augen eine ganze Kuh verschlang. Zurück kehrte er mit einem Huhn, welches er vorher noch gerupft und ausgenommen hatte. Er schaffte es trotz seiner Größe, elegant auf dem Felsvorsprung zu laden und wandelte sich ein weiteres Mal vor Sariels Augen mühsam in seine menschliche Gestalt zurück. Obwohl er sich den Schmerz des Wandlungsprozesses versuchte nicht anmerken zu lassen, verließ ein leises gequältes Stöhnen seine Lippen. Trotzdem trat er schließlich mit einem Lächeln auf Sariel zu und hielt ihr das tote, gerupfte Huhn wie eine Trophäe vor die Nase. Doch dann besann er sich darauf, dass die Engel in Sachen Ernährung den Menschen recht ähnlich waren. »Verzeih, ich vergesse immer wieder …«, entschuldigte er sich, wandte sich um, holte tief Luft und spie etwas Feuer. Gerade genug, um das Huhn gut durchzurösten. Dann hielt er es ihr erneut entgegen und hob abwartend eine Braue. »Besser?«

Als Seth zurückkehrte, war Sariel schon halb in ihre Flügel eingekuschelt am Lagerfeuer eingeschlafen. Vermutlich hatte sie sogar richtig tief geschlafen, denn sie sah nur noch, wie er sich gerade zurückverwandelte. Und … dass er selbst in dieser menschlichen Gestalt noch dazu in der Lage war, Feuer zu speien. Müde rappelte sie sich auf und nahm ein wenig zögernd das gebratene Huhn entgegen. Es war verdammt heiß – und definitiv anders als alles, was sie gewohnt war, aber immerhin besser, als hungrig zu bleiben. »Ja. Ich danke dir.« Vorsichtig ließ sie sich wieder auf den Steinboden sinken und rupfte sich ein Hühnerbeinchen ab, um daran zu knabbern.

Neugierig beobachtete Seth Sariel dabei, wie sie aß. Nein, sie aß nicht. Sie … Ja, was tat sie da eigentlich? Fasziniert neigte Seth den Kopf zur Seite. »So wirst du satt?«, erkundigte er sich interessiert. »Kein Wunder, dass ihr kein Feuer spucken könnt und so klein geblieben seid.« Er schmunzelte in sich hinein. »Wenn wir zu Hause sind, werde ich dir zeigen, wie man richtig jagt und isst.« Eine Weile beobachtete er Sariel dabei, wie sie an dem Hühnchen nagte. Ihre Müdigkeit entging ihm nicht. Hier würde sie nur unbequem schlafen. Doch bis zu ihm nach Hause wäre es noch eine ganze Weile hin. Auf keinen Fall wollte er, dass es seine zukünftige Frau unbequem hatte.

Sie war es nicht gewohnt, ganze Tiere mit den Händen zu essen, es war ihr völlig fremd. Abgesehen davon war sie inzwischen auch viel zu müde dafür. Fragend sah sie ihn an. Natürlich konnte sie kein Feuer spucken, dafür aber so viele andere Dinge, von denen er – wahrscheinlich – nicht einmal wusste, dass sie überhaupt möglich waren. Sariel konnte sich nicht vorstellen, dass er Mina oder Tris hätte heilen können. Leben zu retten, war etwas ganz anderes, als sie nur zu verschonen. Sariel versuchte brav, das ganze Huhn aufzuessen, aber es gelang ihr nicht annähernd. Nicht einmal die Hälfte schaffte sie.

Seth wartete geduldig, bis Sariel fertig gegessen hatte, dann erhob er sich und verwandelte sich zurück in seine Drachengestalt. Er rollte sich auf dem Vorsprung zusammen und blinzelte sie mit seinen großen goldenen Drachenaugen auffordernd an. »Komm her, ich halte dich warm und passe auf dich auf«, brummte er und hob seine riesige Pranke.

Vorsichtig legte sie das halbe Huhn, das übrig geblieben war, zur Seite. Unsicher und erstaunt über seine Aufforderung betrachtete sie die riesige Pranke. »Ich habe selbst Flügel«, bemerkte sie leise.

Seth knurrte und fixierte Sariel eindringlich mit seinem Blick. »Komm!«, befahl er. »Dass du Flügel hast, weiß ich. Aber kennst du das Klima hier oben in den Bergen?«, fragte er herausfordernd und hob seinen Kopf stolz gen Himmel. Tausend Sterne funkelten in der Schwärze des Alls über ihnen. Dennoch war die Nacht ungewöhnlich dunkel. »Komm und leg dich dicht an meinen Körper, damit ich dich wärmen kann.« Die Nächte wurden hier so eisig kalt, dass selbst kurz nach Sonnenaufgang die Seen und Gräser noch von einer dünnen Eisschicht überzogen waren. Lediglich dort, wo ein Feuerdrache lebte, wurde es warm genug, damit die Natur wachsen und gedeihen konnte. Allerdings hatten sich die wenigen Feuerdrachen, die noch lebten, rund um Seths Feste zusammengezogen. Das restliche Land lag seither überwiegend in einer Art Winterschlaf. Seth setzte große Hoffnung in Sariel. Sowohl als Heilerin für sein Volk, als auch als Frau. Vor allem aber als Mutter seiner zukünftigen Kinder. Seit dem großen Krieg gegen die Dämonen und Engel vor mehr als zweihundert Jahren hatte es keinen lebenden Nachwuchs mehr gegeben.

Sie hatte keine wirkliche Wahl. Mit einem mulmigen Gefühl trat sie auf ihn zu und lehnte sich unsicher gegen ihn. Er hatte recht, ihr war bereits jetzt kalt; ihre Flügel hielten sie nicht ausreichend warm und ihre

Müdigkeit sorgte nur dafür, dass ihr noch kälter war. Langsam wanderte ihr Blick hoch zum Sternenzelt, das sie so noch nie gesehen hatte.

»Es sieht so anders aus … von hier …«, murmelte sie leise.

Seth folgte ihrem Blick. Geduldig wartete er, bis Sariel sich an seinen warmen Drachenkörper gelegt hatte. Dann wurde auch er ruhiger. Er wärmte sie und breitete schützend seine große Schwinge über ihr aus, um sie gegen den Wind abzuschirmen. »Wir sind hier auf einer Insel. Vieles wird anders auf dich wirken, als du es gewohnt bist. Natürlicher, oder ursprünglicher. Die Menschen glauben noch an Drachen und unsere Magie. Sie leben mit ihren alten Traditionen und sind mit der Natur verbunden. Ganz anders als die Menschen, die in den großen Städten leben. Technik, Fortschritt und der christliche Glaube haben uns nahezu gänzlich aus dem Leben der Menschen verdrängt«, erklärte er leise. »Ich bin sicher, deine Vorfahren haben dir nur das erzählt, von dem sie wollten, dass du es weißt.«

Nach einer Weile kuschelte Sariel sich dichter an ihn, genoss die Wärme, die er ihr schenkte und lauschte ihm. Doch gerade bei seinen letzten Worten wurde ihr das Herz schwer. Vorfahren? In ihrem Hinterkopf lachte spöttisch ein kleines, böses Stimmchen.

»Wer hätte mir schon etwas erzählen sollen …«, murmelte sie leise.

Seth stutzte und blinzelte kurz. Auch er wusste nicht alles über die Engel. »Was meinst du damit?«, brummte er, hob seine Klaue und strich Sariel so sanft mit einer seiner Krallen durch das Haar, dass es jeden Beobachter in Erstaunen versetzt hätte. »Du musst es mir nicht erzählen. Aber schlafen solltest du. Der morgige Tag wird anstrengend für dich werden.«

Sariels Gedankengang war trüb und dunkel. Schützend zog sie ihre Flügel enger um sich. Dass sie diese zärtliche Geste ausgerechnet von ihm erfuhr, dass er sich für ihre Geschichte interessierte, berührte sie. Sariel schluckte schwer und kämpfte gegen die Tränen an, die sich in ihren Augen sammelten. Seth durfte sie nicht weinen sehen. Sie hatte es immer verstecken können. Vor allen. Und nun, ausgerechnet bei ihm …

»Ich …« Ihre Stimme zitterte fürchterlich. »Wie … ist es bei euch so?«, brachte sie schließlich leise hervor, in der Hoffnung auf einen Themenwechsel.

Die Nüstern des Drachen blähten sich, als er schnupperte. Kleine Dampfschwaden aus seinen Nasenlöchern kräuselten sich in der kalten Luft. »Du kannst deine Tränen nicht vor mir verstecken. Ich rieche sie.« Zitternd lag Sariel an seinem Körper. Seth ahnte, dass sie weit mehr vor ihm verbarg, als es den Anschein hatte. Und das machte ihn wütend. »Engel!«, grummelte er, zog sie aber ein wenig fester an sich, damit sie nicht so zitterte.

Hastig wischte sie sich mit einem Flügel die Tränen aus den Augenwinkeln. Was wollte Seth wohl von ihr hören? Was durfte sie ihm überhaupt erzählen? Himmel, er hatte sie mit dem Leben eines kleinen Kindes erpresst und schließlich entführt! Da lag sie nun im Arm dieses … dieses Drachen und begann sich bei ihm wohlzufühlen. Sie war definitiv dabei, verrückt zu werden.

Seth seufzte und hob mitfühlend eine Braue. Behutsam fing er eine ihrer winzigen Tränen mit seiner Krallenspitze auf. Wo war nur ihr Stolz geblieben, fragte er sich und sah sie nachdenklich an. »Schlaf nun. Die Reise war anstrengend und sie ist noch nicht zu Ende.« Seth hob seinen Blick und suchte den nächtlichen Himmel nach seinen Kriegern ab. Als er sie schließlich entdeckte, legte auch er seinen großen Kopf auf einer seiner Klauen ab und sog tief den Duft der zarten Engelsfrau neben sich ein. »Ich passe auf dich auf!«, versicherte er mit absoluter Überzeugung in der Stimme.

Sariels himmlische Arroganz wich tiefster Erschöpfung und bleierner Müdigkeit. Ihr fehlte schlichtweg die Kraft, um ihren Stolz hervorzubringen. Sie verstand nicht, was er tat, wie er sich verhielt. Er behandelte sie nicht wie eine Geisel oder sein Opfer. Dieser Teil war umso verwirrender für sie. Langsam lehnte sie den Kopf an seinen mächtigen Körper und schloss die Augen. Seine letzten Worte drangen gerade noch zu ihr durch, bevor sie einschlief.

Seth betrachtete sie eine ganze Weile, während sie schlummerte. Doch dann wurde seine Aufmerksamkeit auf etwas anderes gelenkt. Ein dunkler Schatten näherte sich von oben ihrem Lagerplatz. Der Wind trug den fremden Geruch zu ihnen und versetzte Seth sofort in Alarmbereitschaft. Als er die Witterung erkannte, war er froh, seine eigenen Krieger in der Nähe zu wissen. Rasch sandte er einen mentalen Ruf aus, und seine Krieger antworteten sofort. Doch es war bereits zu spät. Ein weiterer Schatten löste sich von der Felswand, an der er verborgen gewesen war, und kam mit unnatürlich hoher Geschwindigkeit auf Sariel und ihn zugeschossen. Instinktiv spannte Seth seine Schwinge über Sariels schlafenden Körper und fing so den gut gezielten Speer ab. Wer auch immer ihnen gefolgt war, er hatte es auf seine Sariel abgesehen!

Seth hätte sich nur zu gerne selbst um den oder die Angreifer gekümmert, doch er war so sehr damit beschäftigt, Sariels schlafende Gestalt vor den Angriffen aus der Dunkelheit zu schützen, dass er sich nicht frei genug bewegen konnte, um zu kämpfen. Ein Speer nach dem anderen sauste durch die Dunkelheit auf ihn zu und drang an zwei oder drei Stellen durch seine schützenden Schuppen. Seth heulte auf, holte tief Luft und spie sein alles verzehrendes Feuer in die Nacht. Endlich erreichte eine seiner Kriegerinnen, Melisandre, das Plateau. Ihre schwarzen Schuppen waren so matt, dass man sie in der Dunkelheit kaum erkennen konnte. Eine hervorragende Tarnung in der Nacht. »Nimm sie, schütze sie mit deinem Leben und bring sie in meine Feste!« Mit diesen Worten übergab Seth Melisandre die schlafende Sariel. »Gib auf dich acht, Seth!«, knurrte die Drachenkriegerin warnend, bevor sie sich in die Lüfte schwang und verschwand. Seth kochte vor Wut, während er sich brüllend und feuerspeiend auf die verbliebenen Angreifer stürzte, um sie von ihrem eigentlichen Ziel abzulenken. Er brauchte nicht lange um zu erkennen, wer sie angegriffen hatte: Dämonen! Ihre Magie war dunkel und durchdrungen von Kälte und Schmerz. Eigentlich hätte es ihn verwundern müssen, dass sie so lange für ihren Versuch, Sariel zu kidnappen, gebraucht hatten.

Als die beiden übrig gebliebenen Dämonen nach einer Weile merkten, dass Sariel längst fort war, brachen sie mit wütendem Gekreische ihren Angriff ab und zogen sich zurück. Am liebsten wäre Seth Melisandre und Sariel sofort hinterher geflogen. Doch das Risiko, dass man ihm folgte, war zu groß. Also flog er in die entgegengesetzte Richtung, suchte sich eine neue Höhle und blieb den Rest der Nacht dort. Vermutlich hätte er mit den Speeren, die in seinem Körper steckten, seine Feste ohnehin nicht mehr erreicht. Zuerst musste er die Dinger also loswerden … Irgendwie … und seine Wunden lecken.

***

Mina erwachte aus einem Alptraum aus Schmerz und Leid – und blinzelte in die Augen eines anderen, ihr eigentlich unbekannten Engels. Wäre da nicht der Kontakt mit seinem heilenden Blut und seiner Aura gewesen, hätte sie wohl auch nie erfahren, *wer* er wirklich war. Doch Mina schien kein gewöhnlicher Mensch zu sein und verfügte über diese besondere Gabe, von der sie selbst noch nicht wusste, was genau sie war. Mitfühlend hob sie eine Hand an die Wange des Engels mit den grünen Augen und lächelte ihn wissend an. »Was immer es ist, wenn du nicht davon ablässt, wird es dich vernichten.« Ihr Blick veränderte sich, als sie ihn berührte, schien bis in die Grundfesten seiner Seele zu reichen. Was sie dort gesehen hatte, war unglaublich viel und erschreckend gewesen. Langsam ließ sie ihre Hand sinken, schloss ihre Augen und seufzte leise. Als Mina sie wieder öffnete, blickte sie aus smaragdgrünen Augen zu Raphael auf. Irritiert schüttelte sie den Kopf. »Raphael … hab Dank!« Die Stelle über ihrem Herzen schmerzte immer noch und erinnerte sie schlagartig an einen ganz bestimmten Engel … »Jehudiel?« Ihre Stimme war leise und Besorgnis schwang darin. Suchend blickte sie an Raphael vorbei, hob ihre Hand und rieb sich über die Stelle, wo zuvor noch der Pfeil gesteckt hatte.

Es war irritierend. *Sie* war irritierend. So jemanden hatte er noch nie behandelt. Ihre Aura war höchst eigenartig. Und ihre Hand an seiner Wange, ihre Warnung – beunruhigend. Er wollte bereits antworten, ihr sagen, dass sie sich keine Sorgen zu machen brauchte, und ganz sicher nicht um ihn, als sich ihre Augen wieder veränderten. Raphael betrachtete die Stelle, die sie sich rieb, dort, wo der Pfeil gesteckt hatte, der jetzt neben ihr auf einem kleinen Tisch lag. »Ja, der ist hier. Sei ihm dankbar, er hat dafür gesorgt, dass du gerettet werden konntest. Das könnte ihn noch teuer zu stehen kommen.« Gleich. Sobald sie fort war und er seinen Gefallen bei Jehudiel einfordern würde. Es war ohnehin an der Zeit, sie alle hinauszuwerfen. Raphael spürte bereits wieder dieses unangenehme Ziehen im ganzen Körper. Emotionen waren wirklich anstrengend und er ging ihnen, wann immer es möglich war, aus dem Weg.

Wäre Mina noch ein wenig mehr bei Kräften gewesen, hätte sie sicherlich bemerkt, was genau in Raphael vor sich ging. Doch nachdem dieser sie gerade erst von der Schwelle des Todes zurück geholt hatte, fehlte ihr schlicht die nötige Kraft. Alles was sie wollte war, sich mit eigenen Augen davon zu überzeugen, dass es Jehudiel gut ging. Dass er unversehrt war. »Wo ... ist er ...«, verlangte sie zu erfahren, wenn auch nur mit schwacher, aber immerhin selbstbewusster Stimme. »Ich ... muss sehen ... dass er ...« Sie holte tief Luft und hatte auf einmal ein Gefühl in ihrem Kopf, als wäre sie betrunken. Mina konnte sich gerade noch zusammenreißen, um nicht einfach laut loszukichern. Doch dann fiel ihr Blick auf den Pfeil, der immer noch neben ihr auf dem Tischlein lag und es brach endgültig aus ihr heraus. Lauthals begann sie zu lachen. »Der ... der war ... in meinem ...« Mina prustete los. »In meinem Herzen!« Kichernd versuchte sie sich aufzusetzen. »JEHUDIEL!«, rief sie so laut sie konnte, und verschluckte sich beinahe dabei. Kichernd und glucksend starrte sie die Tür zum Behandlungszimmer an. Sie konnte seine Anwesenheit spüren. Und sie war verknallt. Definitiv. Aber welches junge Mädchen hatte sich wohl noch nicht in Jehudiel verknallt?

Jehudiel hatte Mina schon beim ersten Mal gehört, als sie seinen Namen gesprochen hatte. Aber erst, als sie laut nach ihm rief, erschien Raphael in der Tür und nickte ihm zu. Er wirkte müde. Seine Augen waren blutunterlaufen und insgesamt erschien er irgendwie ausgezehrt.

»Raphael?«

»Geh schon. Aber sie ist ziemlich neben der Spur.«

Raphaels Blut und die Kraft, mit der er ihre Seele dazu hatte zwingen müssen, ihren Körper nicht zu verlassen, war sehr stark gewesen. Kein Wunder, dass sie sich nun vorkam, als hätte sie reichlich gebechert. Er öffnete Jehudiel die Tür ins Behandlungszimmer seiner Wohnung, und als der eingetreten war, verließ er den Raum.

Als der Erzengel der Vergeltung die Tür hinter sich

schloss, sah er zuerst Mina an, dann ihre noch immer blutverschmierte Kleidung. Raphael hatte keine Zeit gehabt sie auszutauschen. »Mina..?« Die kleine Menschenfrau kicherte immer noch leise, als Jehudiel in der Tür erschien und sie ansprach. Doch dann verstummte sie augenblicklich, sprang von ihrem Lager auf und stürzte dem Erzengel entgegen. Oder war es ein Taumeln? Wohl eher das, wenn auch unglaublich flink. Sie wusste selbst nicht genau, wie sie das zustande brachte. Mina stolperte, vielleicht über ihre eigenen Füße. Doch das kümmerte sie nicht weiter, denn Jehudiel stand vor ihr, und er lebte. Haltsuchend ließ sie sich gegen ihn fallen; kam seinem Gesicht mit dem ihren dabei so nah, dass sie verlegen kichernd ihren Kopf zur Seite drehte, während ihr gut sichtbar die Hitze in die Wangen schoss. »'tschuuldigung …«, nuschelte sie und versuchte auf eigenen Beinen zu stehen, was sich jedoch als schwieriger herausstellte, als vermutet.

Raphael hatte sich rasch verzogen und Jehudiel nicht einmal den Ansatz einer Erklärung hinterlassen. Überrumpelt fing er sie auf, sah sie ungläubig an und bemerkte die Hitze, die von ihr ausging. Er kannte Sariels und Raphaels Heilkünste, aber auf das hier war er nicht vorbereitet gewesen. »Ist mit dir alles in Ordnung? Setz dich hin …« Mühsam versuchte er sie zurück zur Liege zu schieben, während Mina unentwegt kicherte. Sie wandte sie sich um, hob ihren Blick, um Jehudiel besser in die Augen sehen zu können und legte ihre kleinen weichen Hände links und rechts auf seine Wangen. Ehe er es sich versah, küsste sie ihn auf den Mund. Ihr erster Kuss war kurz und vorsichtig. Der zweite etwas sicherer und schon länger … der dritte …

 Mina seufzte leise wohlig auf. Ihre Wangen waren immer noch gerötet und das Herz in ihrer Brust schmerzte. Sie schloss ihre Augen, um die Flut an Emotionen besser bewältigen zu können, als sie feststellte, dass sich so alles nur noch mehr um sie herum drehte. »Bleib … bleib doch mal stehen … Ich … Warum drehst du dich so … Davon wird mir ganz komisch im Kopf!«, beschwerte sie sich kichernd und mit gespielter Empörung in der Stimme.

Ihr Kichern irritierte Jehudiel. Für ihn ergab es keinen Sinn. Warum … Und was tat sie da mit ihren Händen? Dieser letzte Kuss … Das konnte wirklich kein Versehen mehr sein. Er hatte nichts dagegen; es wäre beileibe nicht das erste Mal, dass er mit einem Menschen ins Bett ging, aber … mit Mina? Hier stimmte etwas nicht. Außerdem gab es wirklich wichtigeres.

Sariel war verschwunden. Der letzte Erzengel, der einfach verschwunden war, war ihre Mutter gewesen. Und sie war tot. Jehudiel räusperte sich. Normalerweise hätte er nicht eine Sekunde gezögert, sondern mit Mina das Lager geteilt. Doch irgendetwas an der ganzen Situation fühlte sich nicht richtig an. »Mina, was … Setz dich hin, leg dich hin, leg die Füße hoch …« Kurzentschlossen packte er sie und setzte sie wieder auf die Liege, schnappte sich dann ein paar Kissen und stopfte sie ihr unter die Beine. »Und jetzt bleib da.«

Mina wollte definitiv nicht zurück auf diese Liege. Überhaupt wollte sie nicht länger hierbleiben. Etwas an diesem Ort fühlte sich nicht richtig an! Blinzelnd sah sie zu Jehudiel auf und trat die Kissen, die er ihr hingelegt hatte, gleich wieder weg. »Ich muss … hier weg!«, protestierte sie. »Muss … Aufstehen …« Mina kämpfte sich wieder hoch und wollte ihre Beine über den Rand der Liege schwingen, als sich ihr Blick erneut starr in die Ferne richtete und ihr Bewusstsein von etwas verdrängt wurde, das sie selbst weder begreifen noch erklären konnte. »Er … ist so kalt … Dunkel … Einsam …«, flüsterte sie kaum hörbar. Rasch streckte sie ihre Hände nach dem Engel aus und krallte die Finger in den Stoff seines Hemdes. »Bring mich von hier weg … bitte!«, flehte sie ihn an.

Mit einem Mal stand ihr die nackte Angst ins Gesicht geschrieben.

Sie wehrte sich. Mit Händen und Füßen. Brummelnd versuchte Jehudiel sie auf der Liege zu halten. Dieses Phänomen kannte er inzwischen. Aber wer war kalt? Einsam? Dunkel? Wen meinte sie? Ihn selbst? Nun, in gewisser Weise stimmte das wohl. Irgendetwas sagte ihm jedoch, dass sie gerade nicht von ihm sprach. »Wer, Mina? Wen meinst du?«, fragte er drängend. Jehudiel wusste, dieser Zustand würde nicht von Dauer sein. Er musste die Chance nutzen und so viel wie möglich von ihr erfahren.

Was wollte er von ihr? Einen Moment lang schwieg Mina, schien über seine Frage nachzudenken. Ihr Blick flog zur Tür, als erwarte sie, dass jemand hereinkam. In der nächsten Sekunde sackte sie in sich zusammen, nur um einen kurzen Augenblick später ihre Augen wieder zu öffnen und Jehudiel anzustarren, als wüsste sie nicht mehr, wen sie da vor sich hatte. »Ich möchte zurück zum Kamin …«, seufzte sie und rieb sich über ihre frierenden Oberarme. »Bringst du mich zurück? Bitte … Es ist so kalt hier … und dunkel …«, flüsterte sie. »Frierst du denn nicht?« Doch der Erzengel schien nicht einmal zu zittern. Mina drängte sich an ihn, suchte Schutz und Wärme, während ihr ängstlicher Blick immer wieder zur Tür huschte.

Ihr Blick sprach Bände. Ohne noch lange darüber nachzudenken, hob Jehudiel Mina auf seine Arme. Mit ein paar eiligen Schritten war er aus Raphaels Gemächern verschwunden. Einen Augenblick später befanden sie sich in seiner himmlischen Residenz. Jetzt mit ihr die Zwischenwelt aufzusuchen, wäre viel zu riskant – und inzwischen wusste ohnehin jeder, dass sich ein Mensch im Himmel aufhielt.

»Tut mir leid. Hier gibt es zwar keinen Kamin, aber ich kann dich wenigstens in ein warmes Bett packen.« Sie musste sich dringend ausruhen. Und er würde dafür sorgen, dass Mina dieses Mal endlich die Ruhe bekam, die ihr zustand. Jehudiel sprach kein Wort, während er sie auf der Matratze ablegte und eine Decke über ihre Beine breitete. »Ruh dich aus!« Mit diesem Befehl verließ er das Zimmer und verschwand.

Gut eingepackt in eine weiche Decke aus schwarz gefärbter Kaschmirwolle lag Mina in Jehudiels ausladend großem Bett und versuchte zu schlafen. Sie wollte es ja, wirklich! Doch leider erinnerte sie alles hier so sehr an den Mann, der er nun einmal war, dass sie einfach kein Auge zu bekam. Die Kissen verströmten seinen einzigartigen Duft nach exotischen Gewürzen und kalten Winternächten. Alles hier trug seine Handschrift, seine Energie. Von der Einrichtung der Zimmer bis hin zur Luft, die sie atmete. An Schlaf war da nicht zu denken. Schweigend sah sie sich um. Doch auch, wenn das hier Jehudiels kleines Reich war, spürte Mina eine Gefahr, die so unmittelbar bevorstand, dass sie das Wissen darum nicht für sich behalten konnte. Rasch wickelte sie eine der Decken fest um ihre Schultern und tapste barfuß hinunter in den Wohnbereich. »Jehudiel?«, rief sie leise seinen Namen. Sie fühlte sich immer noch unglaublich erschöpft und musste sich zwingen, aufrecht zu bleiben. Ihr Geist jedoch war hellwach und klar. Mina spürte diese bedrohliche Energie schnell näher kommen und das beunruhigte sie. »Wo steckst du, Jehudiel?«

Irgendwann war sie es leid, auf die herkömmliche Weise nach ihm zu suchen. Sie sollte ihre Kräfte zwar eigentlich schonen, doch es war einfach zu verlockend und ging ihr inzwischen außerdem in Fleisch und Blut über. Also streckte sie ihre Sinne aus und folgte der Spur seiner Signatur durch die großzügigen Räumlichkeiten bis hinaus auf eine Art … Balkon ohne Geländer. Dort saß er auf einem einfachen Stuhl, inmitten von weißen Marmorkübeln, in denen blauer Enzian, Engelstrompeten und nachtblühender Jasmin gediehen. »Jehudiel?«, flüsterte sie sanft und betrachtete den Engel einen Moment lang schweigend. So in Gedanken versunken, bemerkte er Mina erst einmal gar nicht. Zu beschäftigt war er mit seinen Befürchtungen um Prinzessin Sariel. »Im Moment geht es ihr gut«, antwortete Mina auf seine unausgesprochene Sorge, ohne den Blick von dem dunkelhaarigen Erzengel zu nehmen. »Aber uns droht Gefahr und sie kommt rasch näher.« Mina blinzelte und ihr Blick wurde weich, als sie ihre Sinne nach Jehudiel und gleich darauf nach Sariel ausstreckte. Sie wusste zwar nicht genau, wie sie es angestellt hatte, doch sie konnte Sariels Signatur in Jehudiels Aura erkennen und ihr folgen. Instinktiv nahm sie von Sariel wahr, was Jehudiel verborgen blieb.

Als Mina neben ihm auf dem Balkon vor dem großen Fenster des Wohnbereichs auftauchte, sah er brummelnd zu ihr auf. »Du sollst dich ausruhen«, knurrte er. »Stattdessen lungerst du hier herum und willst mir erzählen, dass du weißt, wie es Prinzessin Sariel geht? Das weiß niemand.« Sie war eine wandelnde Kristallkugel, soviel stand fest. »Woher willst du das alles wissen? – Und wovon sprichst du? Welche Gefahr?« Mina war ihm ein Rätsel ... und gleichzeitig war sie die Antwort.

»Ich kann nicht schlafen, wenn ich überall um mich herum Gefahr spüre.« Mina strich sich eine Strähne ihres roten Haares hinter das Ohr, tapste bis zum Rand des Balkons und warf einen Blick hinunter in eine scheinbar bodenlose Tiefe. Zögernd beugte sie sich vor. Ihr Magen wollte bei dem Anblick rebellieren, doch eine unsichtbare Kraft schien sie zu sich ziehen zu wollen. »Ich weiß es nicht …«, flüsterte sie, ohne ihren Blick von einem noch unsichtbaren Punkt in der Tiefe abzuwenden. Geistesabwesend rieb sie sich über die Stelle auf ihrer Brust, in der der Pfeil gesteckt hatte. Es tat immer noch weh. Und Mina fragte sich, wie lange sie das noch ertragen musste. Dazu dieses beklemmende Gefühl, welches sie immer wieder in ihrer Seele spürte … Ihr Blut fühlte sich so kalt an, dass es in den Adern schmerzte. Und als wäre das nicht schon genug, hörte sie immer öfter eine leise Stimme in ihrem Hinterkopf flüstern: »*Verdorben … Verdorben …*« Erschrocken warf sie einen Blick über die Schulter und starrte Jehudiel aus angsterfüllten Augen an. »Verdorben …«, wiederholte sie mit bebenden Lippen. Instinktiv wusste sie, dass ihr nur ein einziger Engel helfen konnte. Und zwar die Frau, nach der Jehudiel so fieberhaft suchte.

Fragend beobachtete Jehudiel sie und lauschte ihrem Gemurmel. »Was ist los, Mina? Wer ist verdorben? Du musst mir schon sagen was los ist, sonst kann ich nichts tun.« Auch wenn er eine Ahnung hatte … und diese ihn nur noch mehr beunruhigte. Er hatte jemandem einen Gefallen versprochen. Und so wie es im Moment aussah würde das ein sehr großer Gefallen werden.

»Du musst weg von hier«, erklärte Mina ernst, als sie sich endlich zu ihm umwandte und ihn aus ihren smaragdgrünen Augen ansah. »Der Engel, zu dem du mich gebracht hast … sein Blut …« Mina fuhr zusammen und wäre beinah in die Knie gegangen, so schmerzhaft war die Erinnerung an Raphael für sie. Jede Zelle ihres Körpers füllte sich mit frostiger Kälte; sie kroch unter ihre Haut und Minas Lippen färbten sich blau. Doch sie biss die Zähne fest aufeinander und klammerte sich eisern an ihren Willen. Das Einzige, worüber sie noch Kontrolle zu haben schien. Ihr Blick war eine stumme Bitte an Jehudiel, nicht wieder nach einem Namen zu verlangen. Denn wie schon zuvor bei ihm, zuckte auch dieses Mal ein gleißender Schmerz durch ihren Kopf. »Ich … kann nicht«, keuchte sie und griff sich mit beiden Händen an die Schläfen. »Hör auf! Bitte, hör auf!«, wimmerte sie. Minas Augen füllten sich mit Tränen, die ihr gleich darauf auch schon über die Wangen rollten und sich unter ihrem Kinn sammelten, bevor sie als kleine schillernde Perlen zu Boden tropften. Sie war so müde und brauchte dringend eine Pause. Aber wo sollte sie hin? Wohin konnte sie mit Jehudiel schon fliehen? Wieder war da diese Stimme… dieses unheimliche Flüstern. Lockte sie mit dem Versprechen nach Wärme und Geborgenheit. Lautlos wie eine Schlange schlich die Kälte in ihr Bewusstsein, tränkte ihren Geist, raubte ihr beinah die Luft zum Atmen und lähmte ihren freien Willen. Der Druck in ihrem Kopf wurde unerträglich. Zwang sie dem Abgrund entgegenzugehen, um wenigstens ein bisschen Linderung zu erfahren. Zum ersten Mal sagte die Stimme in ihrem Kopf etwas anderes als immer nur 'verdorben'… Dieses Mal rief sie Mina zu sich. Süß und leicht. Unbeschwert und frei … »*Komm* …«

Mina brauchte einen Moment, um zu begreifen. Sie musste dem Ruf folgen. Dann, und nur dann, würde alles gut werden. Jehudiel und sie wären in Sicherheit. Ohne Vorwarnung stürzte sie auf ihn zu, ergriff seine Hand und zog ihn mit sich bis zum Rand des Balkons. »Wir müssen gehen … jetzt!« Sie sah ihn aus großen Augen an. Erkennen lag in ihrem Blick. Eine Erkenntnis, die ihm jedoch vollkommen verborgen blieb. »Mina..?« Sorge flackerte in seinen Augen. Sie musste gehen, sofort! Auch ohne ihn! Es war ihre letzte Rettung, ihre einzige Hoffnung auf Seelenfrieden. Mina hielt Jehudiels Blick fest, als ihre Finger seinen entglitten, noch während ihr Fuß ins Leere trat … und stürzte in die Tiefe.

Glossar

Charaktere

Bele:

Erzengel der Gnade, Ehefrau von Raphael, Zwillings-schwester von Gabriel, Mutter von Sariel, ehemals Königin der Engel, wurde am Anbeginn der Zeit er-schaffen, Flügelfarbe: komplett goldfarben, vor 248 Jahren verstorben

Camael:

Gefallener Engel, ehemals Wächter der Nephilim und bester Freund von Danjal, rekrutiert Seelen für Luzi-fer auf der Erde, Flügelfarbe: komplett schwarz mit goldenen Spitzen, ehemals vor über eintausend Jahren erschaffener Engel

Danjal:

Seraphimwächter eines der Portale zur Hölle, Gelieb-ter von Dialen und Vater von Tris, Flügelfarbe: kom-plett strahlendes Silber, am Anbeginn der Zeit er-schaffener Seraphim mit sechs Flügeln, vor dreiund-zwanzig Jahren verstorben

Dialen:

Zweigehörnte Dämonenwächterin, Geliebte von Danjal, Mutter von Tris, Schwingenfarbe: blutrot und teerschwarz, geborener Dämon, vor dreiundzwanzig Jahren verstorben

Elisarah:

Ehemalige Seraphimwächterin, Flügelfarbe: komplett strahlendes Silber, am Anbeginn der Zeit erschaffener Seraphim mit sechs Flügeln, Schwester von Danjal und nach seinem Tod aus dem Himmel verbannt, Tante von Tris, Mensch

Gabriel:

Erzengel der Gnade, Ehemann von Jophiel, Bruder von Michael, König der Engel, Flügelfarbe: komplett goldfarben, am Anbeginn der Zeit erschaffener Erzengel

Harviel:

Engel der Schmiede, Ehefrau von Michael, Mutter von Tyne, Flügelfarbe: weiß mit rosafarbenen Spitzen, um 1200 n. Chr. erschaffener Engel

Jehudiel:

Erzengel der Vergeltung, Flügelfarbe: weiß mit violetten Spitzen, am Anbeginn der Zeit erschaffener Erzengel

Jophiel:

Erzengel der inneren Gefühle, Ehefrau von Gabriel, Königin der Engel, Flügelfarbe: komplett goldfarben, am Anbeginn der Zeit erschaffener Erzengel

Kyrill:

Drache, Grenzwächterin, Gefährtin von Thyron, Farbe der Schuppen: erdbraun mit goldgelben Sprenkeln, geboren um 1515 n. Chr., verstorben

Luzifer:

Das personifizierte Böse, gefallener Erzengel, ursprünglich der Lichtbringer und Lieblingssohn Gottes, Flügelfarbe: pechschwarz mit blutroten Spitzen, am Anbeginn der Zeit erschaffener Erzengel

Melisandre:

Erzdrache, Schattengängerin, Schwester von Seth, Gefährtin von Rune, Tochter von Rohna, Farbe der Schuppen: mattschwarz, teilweise violett irisierend, geschlüpfter Drache um 1711 n. Chr.

Michael:

Erzengel des Krieges, Ehemann von Harviel, Vater von Tyne, Anwärter in zweiter Position auf den Thron, Flügelfarben: weiß mit kupferfarbenen Spitzen, am Anbeginn der Zeit erschaffener Erzengel

Mina:

Beste Freundin von Tris, bei den Menschen geboren, magisch begabt, einundzwanzig Jahre alt

Raphael:

Erzengel der Heilung, Ehemann von Bele, Vater von Sariel, Flügelfarbe: weiß mit waldgrünen Spitzen, am Anbeginn der Zeit erschaffener Erzengel

Sariel:

Heilerin der Engel, Wächterin der Seelen und Schutzpatron der Kinder, Tochter von Raphael und Bele, Anwärterin in erster Position auf den Thron, Flügelfarbe: weiß mit bronzefarbenen Spitzen, 1765 n. Chr. geborener Erzengel

Seth:

Erzdrache, Fürst der Drachen, Bruder von Melisandre, Farbe der Schuppen: rot mit goldenen Ausläufern,
geschlüpfter Drache um 1711 n. Chr.

Thyron:

Drache, Grenzwächter, Gefährte von Kyrill, Freund
von Seth, Farbe der Schuppen: braun bis graumeliert,
um 1500 n. Chr. geborener Drache

Tris:

Beste Freundin von Mina, lebte bei Tante Elisarah,
Tochter von Danjal und Dialen, dreiundzwanzig Jahre alt, in der Zwischenwelt geboren

Tyne:

Sohn von Michael und Harviel, Kundschafter für Nephilim und Leibwächter von Sariel, Anwärter in drit-
ter Position auf den Thron, Flügelfarbe: weiß mit
himmelblauen Spitzen, um 1711 n. Chr. geborener
Engel

Uriel:

Erzengel der Gerechtigkeit, die himmlische Richterin,
Flügelfarben: weiß mit Spitzen in den Farben des

Sonnenuntergangs, am Anbeginn der Zeit erschaffener Erzengel

Physische Beschaffenheit von Engeln:

Alle Engel haben Flügel. Je nach Art und Rang sind sie unterschiedlich groß und gefärbt. Die Anzahl der Flügel liegt normalerweise bei zwei, variiert jedoch nach Rang. Cherubim, Engel und Erzengel haben zwei Flügel, Seraphim sechs. Engel werden ohne Flügel geboren. Erste Flügelansätze bilden sich schon wenige Stunden nach der Geburt. Die Federn bilden sich zuerst als weicher Flaum und werden nach zwei bis drei Wochen zu fertigen Federn. Dabei bildet sich auch die Muskulatur in den Flügeln aus, was für kleine Engel sehr schmerzhaft sein kann, ähnlich dem menschlichen Zahnen.

Wirklich fliegen können kleine Engel erst, wenn sie es gelernt haben, was aber üblicherweise von den Eltern beigebracht wird, gemeinsam mit dem Laufen. Ihr Aussehen ist genauso wenigen Beschränkungen unterworfen, wie es bei uns Menschen der Fall ist, und es gibt Engel jeder Abstammung und Hautfarbe. Engel sind üblicherweise zwischen 1,70 m und 2,00 m groß. Bis auf ihre Flügel unterscheidet die Engel in ihrem äußeren Erscheinungsbild ansonsten nicht viel von

von einem gut trainierten, sportlichen Menschen. Cherubim sind im Gegensatz zu anderen Engeln von kindlicher Gestalt und werden nicht über 1,00 m groß.

Fähigkeiten von Engeln:

Jeder Engel hat zwei Grundfähigkeiten. Zum einen handelt es sich dabei um die Fähigkeit, seine Gestalt und seine Kleidung zu wechseln. Dazu muss die Kleidung allerdings durch erstmaliges Anlegen des Engels an ihn gebunden werden. Dabei handelt es sich nicht um eine Illusion, sondern geschieht mittels Magie. Ein Engel kann lediglich zwischen den Kleidungsstücken wechseln, die er zuvor einmal getragen hat. Einzige Ausnahme ist die Rüstung eines Engels. Sie wird von der Himmelsschmiedin Harviel gefertigt und kann auch nur von ihr an den Engel gebunden werden. Das Tragen der Kleidung eines anderen Engels ist zwar möglich, diese kann jedoch nicht ein zweites Mal gebunden werden.

Die zweite Fähigkeit ist die Teleportation mit Engelsstaub. Dazu mehr in dem entsprechenden Eintrag. Zusätzlich zu ihren Grundfähigkeiten verfügen Engel und Erzengel über auf ihre Aufgabengebiete abgestimmte Fähigkeiten.

Engelsstaub:

Engelsstaub sammelt sich in den Flügeln aller Engel. Mit Hilfe von Engelsstaub lassen sich die Glyphen ihrer Namen in den Boden oder sogar in die Luft einbrennen, um so Signale oder Signaturen zu hinterlassen. Zusätzlich ist es möglich, sich mit Hilfe von Engelsstaub zu teleportieren. Allerdings, außer in sehr wenigen Ausnahmefällen, nur innerhalb der gerade betretenen Sphäre. Der Engelsstaub eines jeden Engels hat seine ganz persönliche Farbe und funkelt in den jeweiligen Flügelfarben.

Besonderheiten von Engeln:

Engelsblut ist giftig und wirkt ätzend auf Dämonen. Raphael und Sariel als Heiler der Engel sind von dieser Regel ausgeschlossen. Sie könnten mit ihrem Blut selbst Dämonen heilen. Durch ein kompliziertes und schmerzhaftes Ritual sind die beiden in der Lage, die Wirkung ihres für alle heilenden Blutes umzukehren. Es ist dann auch für Engel giftig. Die giftige Wirkung ihres Blutes tritt auch dann ein, wenn sie bereits viel Blut gegeben haben, um sich selbst vor dem Ausbluten zu schützen.

Ränge und Arten von Engeln

Der König und die Königin der Engel:

Sie sind das oberstes Erzengelpaar und haben die volle Befehlsgewalt über das himmlische Heer. Die Loyalität der Krieger gilt jedoch ihrem eigentlichen Anführer Michael, dem Erzengel des Krieges. Das heißt nicht, dass er einfach tun und lassen kann, was er will. Der Befehl des Königspaares ist bindend und wer Widerstand leistet, gilt zwangsläufig als Aufrührer. Das Königspaar sorgt für Ordnung im Himmel und spricht z.B. Verbannungen aus. Sie stehen noch über der Gerichtsbarkeit der himmlischen Richterin.

Der Prinz und die Prinzessin der Engel:

Sie sind die Anwärter auf den Thron des Königs und der Königin der Engel. Entsprechend wird ihnen oft mehr Respekt entgegen gebracht, als normalen Erzengeln.

Reihenfolge bei den Rängen:

Schwierig. Seraphim sind zwar theoretisch die Ranghöchsten, sind aber ›nur‹ die Wächter und Vollstrecker. Ränge beziehen sich vor allen Dingen auf die Stärke eines Engels, nicht auf dessen Befehlsgewalt.

Diese kommt erst danach. Die größte Befehlsgewalt geht definitiv von den Regierenden aus, und das sind nicht die Seraphim.

Seraph/Seraphim:

Seraphim sind geschaffene, selten geborene Engel. Wesentlich mächtiger als Erzengel, Wächter der Himmelspforten und Portale sowie Vollstrecker von himmlischen Urteilen. Seraph ist die weniger förmliche Form.

Erzengel:

Sind meist geschaffene Engel und bekleiden den zweithöchsten Rang. Geborene Erzengel können nur aus einer der sehr seltenen Verbindungen zwischen zwei Erzengeln hervorgehen. Jeder Erzengel hat einen bestimmten Aufgabenbereich, dem er nachkommen muss und der von höchster Wichtigkeit für ihn ist. Dieser Aufgabenbereich wird auch immer seine Persönlichkeit formen. So ist zum Beispiel Sariel für ihre Aufopferungsbereitschaft für die Kranken und Verletzten bekannt, während Jehudiel als dunkler Racheengel in Erinnerung bleibt, der es mit den Regeln augenscheinlich weniger genau nimmt.

(Erhobene) Engel:

Das sind in den Status eines Engels erhobene Menschen und kommen ebenfalls eher selten vor. Zu Anfang ihrer Schöpfung sind sie recht zerbrechlich. Mit zunehmendem Alter werden sie jedoch stärker, geschickter und sollten nicht unterschätzt werden. Am Anfang wird sich ein Engel immer erst einmal an seine neue Rolle gewöhnen müssen. In diesem Stadium ist er weitaus anfälliger für feindliche Indoktrination. In den Status eines Engels kann man nur erhoben werden, wenn ein Erzengel (seltener ein Seraphim) Fürsprache für einen hält. Und selbst dann ist es allein Gottes Entscheidung, ob er dieser Bitte nachkommt oder nicht. Erhobene Engel stehen durch die Art ihrer Erschaffung in der Achtung des Himmels leicht über den geschaffenen Engeln, da für sie persönlich Fürsprache gehalten werden musste und sie damit unter dem Schutz eines Erzengels oder sogar eines Seraphim stehen.

Cherubim:

Sie befinden sich auf der niedrigsten Stufe der Engel. Sie sind von Gott geschaffene Boten und Helfer der anderen Engel und daher zum Beispiel am ehesten in den Krankenhausbereichen von Raphael zu finden. Ohne sie würde einiges im Himmel angesichts der begrenzten ›Personalstärke‹ einfach nicht funktionieren.

Nephilim:

Sie sind Kinder eines Engels und eines Menschen. Ist ihre Mutter ein Mensch, werden sie bei den Menschen geboren und wachsen dort auf, bis sie von einem Wächterengel wie Tyne entdeckt und in den Himmel gebracht werden. Ist ihr Vater ein Mensch, wachsen sie bei den Engeln auf, werden dort aber zumeist eher stiefmütterlich behandelt.

Rephaim:

Sie sind Mischlinge zwischen Engeln und Dämonen. Bisher existieren sie nur in alten Überlieferungen, denn eines der wichtigsten Gesetze des Himmels verbietet die Liebe und Vereinigung zwischen Engel und Dämon. Ein Verstoß wird mit dem Tod des Engels und seines Nachkommen bestraft.

Geschaffene Engel:

Geschaffene Engel sind die von Gott geschaffenen Engel, die vornehmlich als Soldaten dienen. Sie stehen damit unter dem Befehl von Michael als dem Erzengel des Krieges. Sie sind schwächer als Erzengel und von Anfang an himmlische Kreaturen.

Gebiete

Der Himmel

Der Himmel ist ein Reich aus blendendem Weiß. Freischwebende Marmorwege und Plattformen bestimmen sein Erscheinungsbild, gesäumt von Brunnen und sprudelnden Quellen bläulich schimmernden Wassers, die die großen Türme der Erzengel hinabfließen. Die Hauptstadt des Himmels bildet sein Zentrum, in deren Mitte sich der königliche Palast befindet.

Sphären:

Sphären sind Ebenen der Realität, die nebeneinander existieren. Durch Portale und Risse kann man die Sphären wechseln, was jedoch nicht jedem möglich ist. Der Himmel, die Hölle, die Zwischenwelt sowie die Welt der Menschen und Drachen bilden insgesamt die vier bekannten Sphären.

Arcarnum:

Arcarnum ist die Hauptstadt der Engel und erstreckt sich über einen Großteil des Himmels. Hohe Türme aus Gold und Alabaster verleihen der Stadt ihre charakteristische Eleganz. Große Brunnen mit leuchtend blauem Wasser und vor Energie von innen heraus glühende Bäume fügen sich mit ihrem lebensbejahenden Grün malerisch in das hoheitliche Weiß und Gold der Gebäude.

Der große Platz:

Der große Platz ist der wichtigste Treffpunkt für Veranstaltungen und Versammlungen in Arcarnum. Hier laufen fast alle Pfade und Wege im Himmel zusammen. Der Platz ist gesäumt mit Wegweisern und Hinweisen zu den bedeutendsten Gebäuden.

Die Portale:

Sie sind die einzigen bekannten Wege in den Himmel hinein – und hinaus. Sie werden von Seraphimen bewacht. Nur Erzengel können den Himmel auch anderweitig verlassen, jedoch ebenfalls nur durch die Portale zurückkehren. Die einzigen Ausnahmen bilden das Königspaar und Jehudiel. Die Portale sind große Steinbögen im Barockstil, die sich auf freischwebenden Felsblöcken befinden. In den Torbögen scheint ein ständiger Wasserfall zu fließen, durch den jeder, der es vermag, den Weg in diese Sphäre zu öffnen, in den Himmel gelangen kann. Um die Portale herum fliegen unermüdlich die Seraphimwächter, die alle unliebsamen Besucher vom Eintritt in den Himmel fernhalten.

Die Trainingsplätze:

Sie liegen außerhalb des Zentrums in der Nähe der Portale und sind der Wirkungsbereich von Michael und Jehudiel. Hier trainiert Michael seine Krieger für den Ernstfall.

Die Wache der Seraphim:

Die große Wache ist ein ausladendes, rundes Gebäude aus Alabaster, das die Seraphimwächter bewohnen. Sie liegt in direkter Nähe zu den Portalen, unmittelbar neben den Trainingsplätzen.

Die Wohnungen der Engel:

Nur einige wenige Engel haben ein eigenes Haus für sich allein. Die meisten suchen sich ihren Ruheplatz in den himmlischen Gärten oder kommen bei einem anderen Engel unter. Erhobene menschliche Seelen wohnen bei demjenigen, der Gott von der Wichtigkeit dieser Seelen überzeugen konnte. Ansonsten wohnen sie im gesamten Himmel verstreut. Erzengel haben das Privileg unter den Menschen leben zu dürfen. Zu diesem Zweck besitzen einige von ihnen eine eigene Residenz auf der Erde, die sie liebevoll einrichten und oft besuchen.

Die Zwischenwelt:

Einst war die Zwischenwelt ein prachtvoller Ort und Lebensraum für alle himmlischen Bewohner. Heute jedoch ist sie trostlos und leer. Eine Mahnung daran, dass der Himmel nicht unangreifbar ist. Hier sammeln sich gelegentlich Seelen, bevor sie ihrem endgültigen Bestimmungsort zugeführt werden.

Das Königreich der Drachen

Verborgen vor den Augen neugieriger Menschen, Engel und Dämonen liegt das Königreich der Drachen. Auf einer Insel namens Island im europäischen Nordmeer haben diese einst mächtigen Wesen nach dem großen Krieg gegen die Engel und Dämonen ein neues Zuhause gefunden.

Drachenbann:

Jeder Drache verfügt über die Gabe, einen vorher aus-
gewählten Menschen, Engel oder ein anderes intelli-
gentes Lebewesen in seinen Bann ziehen zu können.
Früher wurde diese Gabe oft dann eingesetzt, wenn
Verhandlungen mit anderen Drachen geführt oder
Brautwerbung betrieben wurde. Heute nutzen die
Drachen diese Gabe überwiegend um kleinere Gefal-
len einzufordern oder um einen Partner zu bezirzen.

Die Hölle

Die Hölle ist der Lebensraum für alles Böse und
Grausame. Ihre Landschaft ist dunkel und karg. Zer-
klüftete hohe Felsen ragen scheinbar endlos in die
Höhe und bieten Wohnraum für die Bewohner der
Hölle. Schmucklose, in den Fels gehaune Höhlen
dienen den niederen Dämonen als Unterschlupf,
während die im Rang höher stehenden Dämonen
komfortable, ebenfalls aus dem Stein gehaune Wohnungen besitzen. Diese bestehen jedoch nur aus den
notwendigsten Räumlichkeiten. Und auch hier wurde
beinah jedes Möbelstück aus Stein gefertigt. Brodeln-

de Vulkane und blutrote Lavaflüsse ziehen sich wie riesige Kraftwerke mit ihren pulsierenden Adern durch die Ebenen und spenden das Wenige an Licht und Wärme, das hier unten benötigt wird.

Die Portale:

Die Portale der Hölle bestehen aus großen steinernen Torbögen im gotischen Stil, eingelassen in Felswände und Schluchten. Einige von ihnen schmückt ein kunstvolles Fresko mit grausamen Darstellungen verschiedener in der Hölle praktizierter Foltermethoden. Im Inneren eines jeden Torbogens brennt die Illusion eines ewigen Feuers. Jeder kann die Portale durchschreiten, vorausgesetzt, er traut sich durch die imaginären Flammen und kommt nah genug heran, denn sie werden streng bewacht.

Physische Beschaffenheit von Dämonen:

Egal ob übernatürlich schön oder absolut furchteinflößend - je nachdem, was ihnen gerade dienlich ist – alles ist in der Hölle vertreten. Meistens jedoch zeigen sie sich in einer menschenähnlichen Gestalt. Der Einfluss und die Macht eines Dämons kann an der Anzahl seiner Hörner erkannt werden. Tatsächlich zeigt diese sich jedoch in seiner körperlichen Größe, seiner

physischen und psychischen Kraft. Je mehr Hörner-
paare ein Dämon oder eine Dämonin besitzt, umso
größer ist ihr Einfluss. Dämonen empfinden Schmerz
als äußerst reizvoll. Vor allem wenn sie ihn anderen
zufügen können. Sie ernähren sich von starken Gefühlen. Ekstase, Lust, Angst und Schmerz sind besonders köstlich. Sex ist in den meisten Fällen eine Mischung aus süßem Schmerz, Gier nach Dominanz
und Ekstase, weshalb sie ihre Opfer gerne verführen
und sich an ihrer Lust nähren, bevor sie ihnen
Schmerzen zufügen, um sie durch Angst an sich zu
binden.

Fähigkeiten von Dämonen:

Jeder Dämon hat eine spezielle Fähigkeit, die ihn von
den anderen unterscheidet. Dabei sind diese Fähigkeiten so individuell und verschieden wie die Dämonen
selbst. Alle Dämonen haben das Talent, Magie zu spüren und einsetzen zu können. Zum Beispiel, um ihre
Gestalt beliebig zu ändern. Im Gegensatz zu den Engeln machen Dämonen sogar sehr häufig von dieser
Fertigkeit Gebrauch. Sie lieben es, sich unter die
Menschen zu mischen und von ihren Gefühlen zu
nähren. Emotionen zu provozieren, gehört zu ihren
Spezialitäten. So vielfältig die Zahl der Dämonen ist,
ist auch das Chaos an Emotionen, welches sie bei ei-

nem Menschen hervorrufen können. Neben dem Einsatz psychischer Kräfte haben sich einige Dämonen auch auf körperliche Folter spezialisiert. Diese Sorte Dämon ist in der Regel jedoch wesentlich stärker und verlässt die Hölle nur äußerst selten. Sie kümmern sich um die Seelen derer, die nach dem Tod der Hölle zugewiesen wurden. Geborene Dämonen entwickeln ihre Fähigkeiten schon in den ersten Lebensjahren, sofern sie unter dem Einfluss ihrer dämonischen Eltern und der Hölle aufwachsen dürfen. Nicht selten kommt es jedoch vor, dass der Vater seinen Nachwuchs tötet, wenn er genügend Gespielinnen hat, die ihm bereits Nachkommen geboren haben. Noch seltener schafft es die Mutter des Dämonenkindes, durch eines der Portale zu fliehen und das Kind den Menschen unterzuschmuggeln. Kinder, die außerhalb der Hölle aufwachsen müssen, entfalten ihre dämonischen Anlangen nur kümmerlich oder sogar gar nicht. Dies zeigt sich auf unterschiedlichste Weise. Die meisten Kinder von Dämonen, die unter den Menschen aufwachsen, entwickeln Verhaltensstörungen, Depressionen oder einen ausgeprägten Hang zu Gewalt und Grausamkeit.

Besonderheiten von Dämonen:

Dämonenblut ist giftig und ätzend für Engel.

Geborene Dämonen sind eher selten und werden, wenn sie von ihrem Vater erwünscht sind, im Kindesalter stets streng und gut bewacht. Die meisten Dämonen werden aus Seelen geschaffen, die zuvor dafür ausgewählt wurden oder sich an der Schwelle zum Tod von ihrer Schuld nicht reinwaschen konnten. Auch gefallene Engel werden rekrutiert und verlieren in dem Fall den Glanz und die Farbenpracht ihrer Flügel.

Dämonen:

Wie auch immer geartete Ausgeburten der Hölle. Üblicherweise verschlagen, grausam, missgelaunt und nicht unbedingt vertrauenswürdig.

Gefallene Engel:

Aus dem Himmel verstoßene oder geflohene Engel, die sich bewusst dafür entschieden haben, Luzifer zu dienen. Meistens werden sie von einem Dämon oder einem bereits gefallenen Engel rekrutiert. Von ihrer Aura her für Dämonen kaum von normalen Engeln zu unterscheiden. Charakteristisch, aber nicht zwingend, sind ihre schwarzen Flügel. Dazu gelten für sie die gleichen physikalischen Bedingungen, wie für nicht gefallene Engel. Was sich im Kampf als überaus nützlich erwiesen hat, da Engelsblut für sie völlig ungiftig ist. Aus diesem Grund setzt man in der Hölle auch alles daran, gefallene Engel für sich zu rekrutieren.

Die sieben Fürsten der Hölle:

Geschaffene oberste Dämonen und Wächter der sieben Gärten um Luzifers Anwesen.

Sonstiges

Adamant:

Ein überaus wertvolles und teures Metall, das für Engels- und Dämonenwaffen Verwendung findet. Es ist silbrig hell und nahezu unzerstörbar. Außerdem kann es bis zu einem bestimmten Grad Magie in sich aufnehmen. Mit dem richtigen Schliff erhält das Metall sogar einige Eigenschaften eines Diamanten.

Amaranthium:

Hierbei handelt es sich um eines der wertvollsten Edelmetalle und findet überwiegend für die Verarbeitung von Schmuck Verwendung. Vor allem für Kronen und anderen seltenen Kopfschmuck wird es eingesetzt. Es ist rau, schwarz, schwer zu verarbeiten und extrem stabil.

Blut:

Dämonenblut ist schwarz. Für Engel ist es giftig und ätzend.

Engelsblut ist golden und verfärbt sich bei Luftkontakt silbern. Für Dämonen ist es giftig und ätzend. Für Menschen ist Engelsblut weder gefährlich, noch heilend. Lediglich den beiden Heilern der Engel ist es möglich, mit ihrem besonderen Blut sowohl Menschen, als auch Dämonen zu heilen.

Nimmt ein Mensch das Blut eines gewöhnlichen Dämons zu sich, wird er davon sehr krank. Ausschließlich Azolla, dem Heiler der Dämonen, wäre es möglich, mit seinem Blut auch einen Menschen oder einen Engel zu heilen.

Botenvögel:

Sie werden den geborenen Engeln, Erzengeln und Seraphimen mit Erreichen des dritten Lebensjahres zugeteilt. Geschaffene Engel erhalten ihren Botenvogel gleich nach ihrer Erschaffung. Botentiere können auf der Erde und in der Hölle fliegen, um Nachrichten zu übermitteln. Sie sind wie ihre Besitzer unsterblich. Cherubim besitzen keine Botenvögel.

Der Schleier:

Er ist nicht als solches zu verstehen, sondern bezeichnet eher die Geheimhaltung der Engel- und Dämonenwelt vor den Menschen. Die Engel achten zumeist sehr penibel darauf, dass der Schleier gewahrt wird. Dämonen interessiert dies eher weniger. Sie versuchen oft sogar, den Schleier zu zerreißen und die Existenz der Engel vor den Menschen bloßzustellen.

Danksagung

Damit dieses Buch überhaupt entstehen konnte, waren viele Stunden Arbeit und eine Menge helfender Hände nötig. Ohne all diese Freunde hätte ich es nicht geschafft, die Geschichte fertigzustellen! Dafür möchte ich euch von Herzen danken!

Tae, Ela, Gesine und Sandra, meine Betaleserinnen: Danke für eure ehrliche, schonungslose Kritik. Aber auch für das Lob, wenn euch etwas besonders gut gefallen hat. Ihr seid einfach süß und ich hab euch trotzdem lieb! Vielen Dank an June für die Hilfe bei der Erstellung des ersten Covers und an Pit für das stundenlange Grübeln bei der Fehlersuche und – behebung für das zweite Cover. Auch an all die Mutmacher und meinen *Trailerman* unter meinen Freunden, Pando, Pit, Behemod, Val, Run … Einfach an alle aus unserer YouTube-Runde möchte ich ein dickes Danke loswerden. Mum, ich weiß du wirst das Buch lesen, auch wenn es nicht dein Genre ist. Ich danke dir dafür, dass du mich und mein Vorhaben ernst genommen und fleißig Werbung gemacht hast. Meinem Ehemann und ganz persönlichen Helden im realen Leben: Danke für deine Geduld und dafür, dass du die Kinder beschäftigt hast, wenn ich Ruhe zum Schreiben brauchte. Danke auch an meine Mitautorin

Sarah. Was haben wir einen Spaß gehabt, diese Geschichte zu schreiben. Gemeinsam haben wir mit unseren Charakteren gelitten und geliebt! Es war wundervoll. Mein letzter und ganz besonderer Dank aber gilt einer einzelnen wundervollen Person, die etliche Stunden ihrer Freizeit für das Lektorat/Korrektorat und mein Seelenwohlergehen aufgebracht hat. Vielen, vielen Dank, Nadja Bobik. Ich weiß immer noch nicht, wie ich dir dieses Geschenk zurückgeben kann.

Nachtrag: Danke Sean! Du weißt, warum.

DANKE!

Nicol

Wenn ein Buch endlich veröffentlicht wird, dann stecken darin immer Blut, Schweiß und Tränen. Und eine ganze Menge der Seele des Autors oder in diesem Fall der Autoren. Das ist aber noch nicht alles. Ich möchte unserer Lektorin danken, ohne die dieses Buch eine Ansammlung unsortierter und sicherlich auch teilweise haarsträubender Romanbauteile geblieben wäre, die alleine Nicol und ich verstanden hätten. Ebenso sehr möchte ich mich bei unseren TestleserInnen bedanken, die uns mit Lob und Kritik bei Laune gehalten und zur Verzweiflung getrieben haben. Ein ganz großes DANKE geht auch an meine Mitautorin. Für's Schwärmen und Verzweifeln. Für's gegenseitig

Aufmuntern und Mutmachen. Für den Spaß, den es gemacht hat, unser Baby zu schreiben.

Und zu guter Letzt geht mein Dank an unsere Freunde. Die, die es ausgehalten haben, zwei verrückte Schreiberlinge im Freundeskreis zu haben, die ganz bestimmt nicht immer einfach waren, und uns tatkräftig unterstützt haben. Hätte nur einer von euch gefehlt, wäre das alles hier nie etwas geworden.

Sarah

Autoren

Nicol Stolze erblickte 1978 in Dernbach im Westerwald das Licht der Welt. Heute lebt sie gemeinsam mit ihrem Ehemann, den vier Kindern und drei Katzen in der Stadt Polch, im wunderschönen Maifeld. Schon im Alter von vierzehn Jahren hat Nicol eigene Geschichten, Gedichte und Tagebuch geschrieben. Ihren Glauben an Magie, Engel, die Kraft der Liebe und an das Gute in dieser Welt hat sie sich all die Jahre über bewahrt. Dabei kennt ihre Fantasie kaum Grenzen. Von dramatischen Liebesgeschichten über zauberhafte Schmunzelmonster, die das Kinderzimmer erobern, bis hin zu Erzählungen über wahre Begebenheiten, findet sich so gut wie alles in ihrem Repertoire. Bis heute widmet sie jede freie Minute leidenschaftlich gern dem Schreiben. *Das Vermächtnis der Raphaim – Initiation* ist ihr Debütroman. Gemeinsam mit der Autorin Sarah Kutz ist es ihr gelungen, eine fantastische neue Welt voller Magie und mystischer Wesen zu erschaffen. Neben dem Schreiben und Lesen gehört das Musizieren und die Kräutersuche in der Natur zu Nicols Lieblingsbeschäftigungen.

Sarah Kutz wurde 1992 in Frechen geboren und macht derzeit ihre Ausbildung zur Augenoptikerin. Zum Stift griff sie bereits im Alter von 13 Jahren. In zahlreichen Ordnern und Blöcken finden sich Geschichten, Entwürfe und fantastische Ausflüge in unentdeckte Welten. Mit *Das Vermächtnis der Rephaim – Initiation* veröffentlicht sie ihren Debütroman und damit auch einen Teil dieser wundervollen Geschichten aus ihrer Schublade. So entsprangen die Engel zum Beispiel ihrer Vorstellung. Neben dem Schreiben zeichnet Sarah für ihr Leben gerne. Es vergeht kein freier Moment, in dem sie nicht einen Stift in der Hand hält. Mit der passenden Musik dazu, gibt sie den Charakteren aus ihren Geschichten auch zeichnerisch ein Gesicht und haucht ihnen Leben ein.